講談社文庫

# 怪談四代記

## 八雲のいたずら

小泉 凡

JN177998

講談社

# 怪談四代記

八雲のいたずら

◉目次

# 怪談四代記

八雲のいたずら

# 小泉家系図

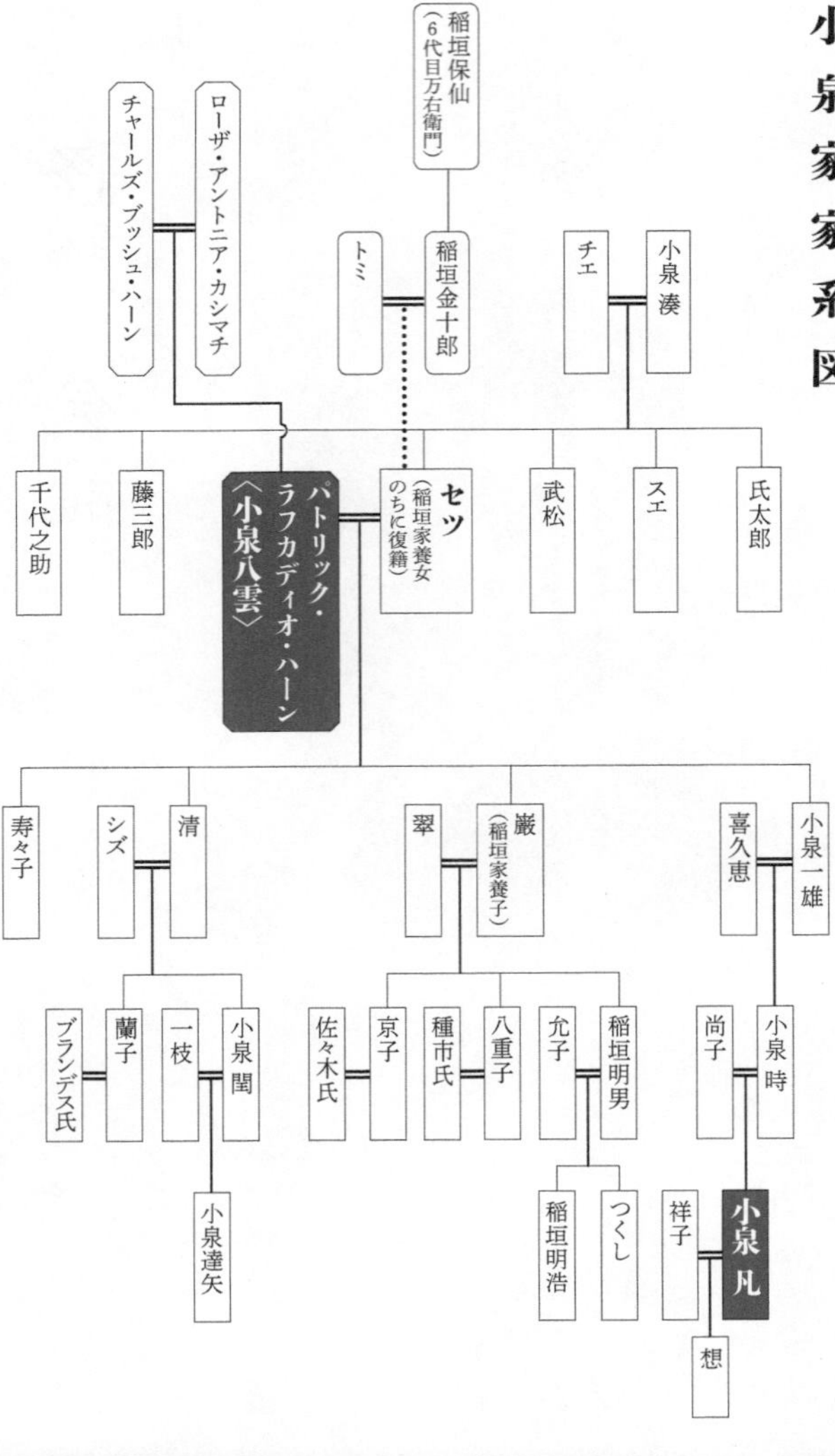
稲垣保仙（6代目万右衛門）
ローザ・アントニア・カシマチ
チャールズ・ブッシュ・ハーン
トミ
稲垣金十郎
チエ
小泉湊
千代之助
藤三郎
パトリック・ラフカディオ・ハーン〈小泉八雲〉
セツ（稲垣家養女のちに復籍）
武松
スエ
氏太郎
寿々子
シズ
清
翠
巌（稲垣家養子）
喜久恵
小泉一雄
ブランデス氏
蘭子
一枝
小泉閏
佐々木氏
京子
種市氏
八重子
允子
稲垣明男
尚子
小泉時
小泉達矢
稲垣明浩
つくし
祥子
小泉凡
想

# はじめに

もちろん会ったことはない。ハーンを意識した最初の出来事は、10歳の時だ。それは確か土曜日の午後で、学校から戻り解放感に浸っていた私は、プラレールの線路を家じゅうにめぐらして遊んでいた。そこに、ある出版社の編集者が子ども向け偉人伝記シリーズ〈小泉八雲〉出版の相談に訪れた。もちろん父が対応した。電車遊びに夢中な私の存在に気づいた編集者は、「そうだ、子ども向けの本だから、〈ぼく〉も協力して」と、突然、オファーが舞い込んだ。庭に出てハーンの遺品の望遠鏡を構えてポーズをとれと言われ、わけもわからぬままに写真におさまった。確かにその写真は、本に掲載された。それが、はじめてのハーンとの「出会い」だった。

その頃までの曾祖父についての印象は、先祖に、作家がいたということと、その人はとても目が悪かったということだけだ。当時、世田谷のわが家にはまだ多くのハーンの遺品や初版本があった。中でも望遠鏡や近眼鏡、複数の虫眼鏡のことは今も覚えている。とくに2種類の虫眼鏡は茶の間の引き出しに入れて、祖父母が新聞を読むときなど、日常のアイテムとして使っていた。こんな拡大鏡をいっぱいもっている曾祖父はきっと目が悪かったのだろうと何となく感じていた。曾祖父が左眼をジャイアント・ストライドという回転ブランコでの遊戯中に失明したと知ったのは、もっとずっと後のことだった。

『怪談』を最初に読んだのは、高校1年生の時で、それは夏休みの英語の宿題として配られた赤い表紙のサイドリーダー。休み明けの試験では、さっぱり点数がとれず、英語の教科担任から呼び出されたことを覚えている。もちろん、それまでに「耳なし芳一《ほういち》」や「雪女」など断片的には絵本を読んで知っていたが、とくに関心は抱かなかった。自分から「読んでみたい」と思ったのは、23歳の時だ。

当時、大学院で文化人類学の授業の際に、英語の論文を翻訳するようにという課題が出された。何にしようかと迷っていたとき、「こんなのがあったよ。君しか読む人、いないでしょ」と友人がコピーを手渡してくれた。それはW・K・マクネイルというアメリカの民俗学者が1978年にアメリカ民俗学会誌に書いた論文で「アメリカの民俗学者、ラフカディオ・ハーン」というものだった。ざっと見渡すと、ハーンはアメリカや日本で、民衆の生活文化を探究する民俗学が胎動期だった時代、その草分けとして発展の端緒を開いたと書かれていた。その時、目から鱗《うろこ》が落ちた。自分が中学校から大学院まで、柳田國男《やなぎたくにお》の蔵書を保管する民俗学研究所がある成城《せいじょう》学園に通い、何の迷いもなく民俗学を専攻したのは、もしかすると先祖が敷いたレールだったのかもしれないと。つまりその時まで、ハーンという人は日本で何をしたのか、日本文化の理解と発信にどんな役割を果たしたのか、ほとんど知らなかったわけだ。

そもそも大学で民俗学を専攻した理由は、旅を続けたいからだった。放浪癖があった私は、小学校高学年の頃にはひとりで時刻表を片手に週末ごとに関東地方の史蹟や伝統的な町並みを訪ね、あるいは山歩きを楽しんだりして至福の時を見出していた。中学生時代には山梨県や長野県、東北各地にも足をのばした。たしか中学1年の春休みのことだった。松尾芭蕉《まつおばしょう》を慕って、ゆかりの地、山形県の山寺と宮城県鳴子《なるこ》の尿前《しとまえ》の関《せき》へと衝動的に旅に出た。慣れない雪道に苦しんでいると、「ぼく、一緒に警察に行こう！　家出してきたんでしょう」と何回か地元の人や観光客に声をかけられて閉口した。中学生が一人旅をするのは、傍《はた》から見ると不思議な光景なのだろうが、自分にとって旅は食欲に匹敵する生理的欲求に近いものだった。

警察に連行されかけた鳴子温泉には２０１３（平成25）年の2月、40年ぶりに立ち寄った。その時も大粒の雪が落ちていた。まずは体を温めたいと駅から一番近い日帰り入浴のできる旅館を訪ね、肌にまとわりつくような柔らかな湯に浸《つ》かる。風呂上りにフロントで松江の話をしていると、奥から女将《おかみ》さんが出て来られた。しばらく私の顔を眺めて、こう言うのだ。

「お客様、失礼ですがどこかで見たことあるような気がするんです。もしかして小泉八雲さんと関係がある方ではないですよね？」

「はい！　でもどうして……」

と答えると、女将は、

「やっぱり！」

と満面の笑みを浮かべた。

「実は、私は紺野美沙子《こんのみさこ》の親戚にあたる者です。つい最近、朗読座が『日本の面影』という小泉八雲の生涯を描くお芝居をしまして、紺野美沙子が小泉セツさんの役をやりましたよね。六本木の俳優座まで見に行ったんです。そうです、その時買ったパンフレットにでていた方ですね。ようこそ、お寄りくださいました」

確かにパンフレットにはハーン役の草刈正雄《くさかりまさお》さんとセツ役の紺野美沙子さんとの鼎《てい》談《だん》が写真とともに収録されている。40年ぶりの鳴子温泉での出会いは、結構強烈だった。山形大学へ出かけた帰りに、昔を思い出して何気なく立ち寄っただけなのに。でも、同時に旅人を続けていたからこそ、こんな出会いも訪れるのだと感謝した。

思えば、ハーンも旅の人生だった。1850年にギリシャで生まれ、アイルランドとイギリス、フランスで教育を受け、19歳の時に単身ニューヨークへ渡った。シンシナティとニューオーリンズで約13年をジャーナリストとして過ごした後、カリブ海のフランス領マルティニーク島でも2年間生活した。ニューヨークに戻り、今度は大陸横断鉄道でカナダのバンクーバーへ、そして太平洋を渡って横浜に来た。39歳の時だった。アメリカの出版社との契約を解消して、島根県松江で英語教師となり、さらに熊本・神戸・東京へと移り住み、54歳で生涯を終えた。私と違うのは、旅といっても片道切符の旅で、二度と後戻りをしなかったことだ。人生そのものが一筆書きの旅だった。

ハーンは「幽霊」というエッセーで、「生まれ故郷から漂泊の旅に出ることのない人は、一生おそらくゴーストがどういうものか知らずに過ごすかもしれない。しかし漂泊の旅人は十分それを知り尽くしている」と語っている。漂泊の衝動こそ「ゴースト」を導くと考えていた。曾祖父はゴーストに出会うために旅を続けたのかもしれない。したがって私の放浪癖も、ＤＮＡということで説明がついてしまうのだろうか。

ハーンはアメリカのルイジアナ州ニューオーリンズにいたとき、『ガンボ・ゼーブ』(*Gombo Zhèbes*)という諺《ことわざ》辞典を出版した。アフリカから奴隷たちによって持ち込まれた俗信をもとに植民地で生まれた諺を352も集めて、フランス語訳と英語訳をつけ注釈を添えた辞典だ。諺はフランス語とアフリカの言葉が出会い融合したクレオール語で語られるもので、この本のタイトル「ガンボ」もクレオール語でオクラを主材料とするスープ料理の名前に由来する。序文で、完全なクレオール諺集をつくるためには、民俗学者の組織的な活動が必要で、その端緒を切り開くためにこの本を出版すると書いている。「針が通れば糸は続く」と。じっさい、この辞典が出版されてから3年後にアメリカ民俗学会が誕生した。つまりハーンはアメリカ時代から民俗《フォークロア》というものが、文学の素材として重要であり、また人間文化の探求に必須の素材であることを理解していた。

ハーンは1890年にニューヨークのハーパー社の特派記者として来日するが、それに先立ち日本での取材計画を編集者パットンに伝えている。それを見ると「子どもの遊び」「家庭生活と一般家庭の宗教」「公《おおやけ》の祭祀法《さいしほう》」「珍しい伝説と迷信」「日本の婦人生活」「古い民謡と歌」などの項目が目に留まる。つまり来日の際にも、日本の民俗《フォークロア》や、それが物語として語られる怪談を採集したいとする明確な意志をもっていたことがわかる。

　ところでハーンが日本の霊性に魅了された大きなきっかけは、ニューヨークにいるときに読んだ英訳の『古事記《こじき》』だった。翌年、日本行きが実現し、横浜に到着してこの国に腰を落ち着ける覚悟を決めると、改めて英訳『古事記』を購入。その本は今もハーンの蔵書2433冊を保有する富山大学ヘルン文庫にある。本に挿入された神話地図には、島根県の日本海洋上から能登半島にかけて"Idzumo Legendary Cycle"(出雲《いずも》神話群)と表記されている。地図上でも、山陰地方から北陸地方にかけては日本文化の古層が残る地帯として注目していたのではないだろうか。出雲の神々の説明部分には「エビス」「ダイコク」など鉛筆であちこちにカタカナの書き込みをして、頭の中の情報を整理している。さて、そんな希望が偶然にも叶《かな》い、島根県尋常中学校の英語教師として赴任した松江で、ハーンは日本の魅力にとり憑《つ》かれていく。

　そして作品「杵築《きづき》」にこう書いた。

　伊邪那美命《いざなみのみこと》が埋葬されたという地も、出雲の国境にあり、そこから、伊邪那岐命《いざなぎのみこと》は亡き妻の後を追って、黄泉《よみ》の国へと旅立ったのだが、ついに連れ戻すことはできなかった。その冥土《めいど》への旅と、そこで遭遇した事の次第は、『古事記』に残されている。

あの世のことを描いた古代神話は数々あるけれど、これほど不可思議な物語は聞いたことがない。アッシリアのイシュタルの冥界下りでさえ、この話には足許にも及ばない。

出雲はとりわけ神々の国であり、今もなお伊邪那岐命と伊邪那美命を祀《まつ》る、民族の揺籃《ようらん》の地である。（池田雅之《いけだまさゆき》訳「杵築」『新編　日本の面影』角川ソフィア文庫）

この話は、イザナミが火の神を生んで黄泉の国へ下ったため、悲しんだイザナギが妻を連れ戻そうと冥府《めいふ》に下るが、「見てはいけない」というタブーを犯して連れ戻しに失敗するというとても有名な話。最後は、怒ったイザナミと鬼女たちに追われ、山桃の実や大岩で防ぎ止めようやく逃げ切るという結末だ。ハーンが注目した黄泉比良《よもつひら》坂《さか》の神話は、「三枚のお札」という昔話を連想させる。いっこうに修行に励まない小僧がそうとは知らずに山姥《やまうば》の家を訪ね、今度は山姥に追われて何とか無事、元の寺へ逃げ帰る話だ。さらには都市伝説の口裂け女の話もこれに通じるものがある。異界のものに追われながらも、何とか逃げ帰るというモチーフをもつ昔話や都市伝説の源流にあたる物語だといわれる。

またハーンが比較の対象としたアッシリアとは、西アジアのティグリス川とユーフラテス川の上流域に広がる土地で、メソポタミア北部の地方を指す。イシュタルは愛欲と戦争の女神（地母神《ちぼしん》）で、ギリシャ神話ではアフロディーテ、ローマ神話ではヴィーナスとして語られる神だ。

イシュタルは七つの門をくぐり冥界の神エレシュキガルのもとへ下り死体に変えられてしまう。冥界から出るためには代理人が必要で、夫タンムズ（植物神）が代理人とされ、タンムズは半年を冥界で暮らすこととなる。これがアッシリアの冥府下り神話だ。ハーンの子どもの頃の寝室には、アッシリアの占星術師の一団を描いたフランス製の版画があったと回想しているので、親近感があったのかもしれない。ハーンは黄泉比良坂の神話は「原始的な祖先崇拝を物語る死の恐怖をあらわしたもの」として、とくに興味があると言っている。そしてこういう神話の舞台である出雲にいる幸せを噛《か》みしめるようになった。出雲には神話に登場する神々だけではなく、少年時代を過ごしたアイルランドの樹木信仰とよく似た荒神さんのご神木が村々にあり、あらゆるものに魂の存在が認められた。

神学校の教育で一神教への疑問を抱き、むしろそれが反動的に作用し、非キリスト教的な志向性が強くなる。アメリカ大陸ではヨーロッパとアフリカをルーツとする文化混淆《こんこう》現象に心が躍った。とくにルイジアナ州のニューオーリンズやカリブ海にあるフランス領の島・マルティニークでは、アフリカ起源で、この地でカトリックと融合して根付いた呪術的な宗教ヴードゥー教やゾンビ信仰に関心を抱き、ヴードゥーの俗信や奴隷たちの怨念を伝える怪談を次々と採集した。来日後、出雲の地で出会った小泉セツに、超自然の物語を語る才を見出し、結婚。「世界一よきママさん」と公言し、セツが語る怪談を心の滋養分とするまでになった。

さて、ハーンが亡くなった時、私の祖父・小泉一雄《かずお》（ハーンの長男）はまだ10歳だった。だから私のハーンに関する知識はすべて間接的なものだ。それでも、一雄も父・時《とき》も物語好きで、ハーンが日本に来る前に聞いた物語が4代目の私まで語り継がれ、またハーン没後にもちょっと不思議な話が新たに紡がれたりしている。

# 第1章　キャサリンから聞いた話

## 三つのお願い

アイルランドの田舎《いなか》に、よく夫婦喧嘩《げんか》をするが真面目《まじめ》に働く百姓夫婦があった。

クリスマスを目前に控えたある晩、ふたりの前に神が現われ、こう言った。

「おまえたちはよく夫婦喧嘩をするが、真面目によく働いている。だから、今日は三つの願いを叶えてやろう」

あるじはすぐさま、「ソーセージが食べたい」と叫んだ。すると間髪いれずにソーセージが眼前に出現した。

すると今度は、妻がすかさず言った。

「ソーセージなんて何よ！　何で金貨の山が欲しいと言わないの！」

いつものように夫婦喧嘩が始まり、あるじが言った。

「おまえみたいな貪欲《どんよく》なやつには、鼻にソーセージをつけてやる！」

そう怒鳴《どな》ったとたん、妻の鼻にソーセージがくっついてしまった。

ふたりは、泣く泣く神に頼んでそれをはずしてもらった。

これで三つの願いはすべて叶えられた。

## 聴き耳

1年に一度、猫の王様が現れ、全国から猫たちがそこに集まって総会を行う。

ある正直者の行商人が旅の途中、疲れ果てて草むらで一服していた。そして近くに湧《わ》いていた清水を飲んで喉《のど》の渇きを癒《いや》した。

すると、どうしたわけか草むらの中から話し声が聞こえてきた。しかし、どう考えてもこんな夜更けの草原に人間などいるはずがなかった。

よく目を凝らして見るとあたりにはたくさんの猫たちが集まっているではないか。どうやら、行商人は猫の会話を理解できる術を得たようだった。会話に耳を傾けていると、猫たちの集会の始まりが告げられた。

「おお、諸君たち元気だったか？」

猫の王様が言った。

「ようこそ猫の総会へ。今年も会えて嬉《うれ》しいな！」

「ところで君たち、人間は愚かだと思わぬか？　あそこの木の下を掘れば金貨があるのになぜ掘らないのか！　本当に愚かな奴らよ！　はっはっはっ！」

「君たちから何か議題があるか？」

そしていくつかの議題が話し合われ、集会はまもなく終了となった。

「よし、では来年の今日、この場所で再会しよう！　それまで、みんな達者でな！」

正直者の行商人は、さっそく野バラの下を掘ってみた。すると、驚いたことに本当にキラキラ輝く金貨が見つかった。そしてその男は大金持ちになった。

それを聞いた欲張り者の行商人が、「おれもひと儲《もう》けしてやるか」と戦略を練った。そして翌年の猫の集会に合わせて、その場所に行き、湧き水を飲み、気づかれないようにそっと木の上に登って、猫の総会の様子をうかがっていた。

しばらくすると猫の王様がこう叫んだ。

「おお、諸君たち元気だったか？」

「今年も元気に会えて何よりだな！」

「ところで、お前たち、知ってたか？　去年の総会の時、実は人間のスパイが紛れていてわれわれの大事な秘密が漏れてしまったのだ。そしてまんまと一杯くわされたんだ」

「今年は絶対そんなことをさせてはいけない。だから総会を始める前に人間のスパイが潜んでいないか、徹底的に探すのだ！　もし見つけたら引っ掻《か》き殺してしまえ！　わかったな！」

「おお！」

猫たちは、あたりの草むら、木々を徹底的に捜しまわった。

そして、あっけなく欲張り者の行商人は猫たちに見つかって、鋭い爪《つめ》の餌食《えじき》となって死んでしまった。

この二つの話は19世紀半ばに生きたアイルランドの語り部が少年パトリック・ラフカディオに伝えた話だ。彼が流浪の人となったことから、ユーラシア西端の島アイルランドから東端の島日本へと、地球を半周以上して伝えられ、１６０年を経た今もわが家で語り継がれている。

ハーンの母ローザ・カシマチはギリシャのキシラ島で知り合ったイギリス軍の軍

医、チャールズ・ブッシュ・ハーンと結婚し、同じギリシャのイオニア諸島のレフカダ島でラフカディオを生んだ。彼が2歳になる頃、チャールズの実家があるアイルランドのダブリンに移ったが、地中海と北西ヨーロッパの気候の違いは、沖縄とサハリンのそれに匹敵するほど大きかった。ギリシャ語と英語、ギリシャ正教とプロテスタントやカトリック、そういった異文化のギャップを乗り越えることもローザにとって容易なことではなかった。

ハーン家はもともとイギリスから渡って来たアングロ・アイリッシュでプロテスタントの家だが、幼いラフカディオとローザを庇護《ひご》したのは、ハーン家で唯一カトリックへ改宗していたサラ・ブレナンという女性。ハーンの祖母エリザベスの妹である。

だが、軍医であるチャールズはほとんど家を空けていたため、ダブリンで孤立を深めるローザは、ついに1854年の初夏、ギリシャへ戻る。ハーンにとってこれが母との永遠の別れとなった。

その後まもなく、ハーンの子守役として雇われたのがアイルランド北西部コナハト地方出身のキャサリン・コステロであった。

この女性については、従来、O・W・フロストというアメリカ人の学者によってケイト・ローナン（Kate Ronane）という名の乳母だと考えられていた。ところが、近年、バージニア大学保存のバレット文庫に収蔵されるハーンの乳母に関する草稿が日本の研究者によって紹介されたことから、ハーンの乳母はケイト・ローナンとは別人のキャサリン・コステロであることがわかった。そのあたりの事情をハーンの手記からたどってみたい。

私の乳母の名はキャサリン・コステロ、——コナハト出身の背の高い女性だった。家の中には、もうひとりキャサリンという名の女中がいた。——優しくつつましい褐色の瞳をもった女性で、皆、彼女のことを「ケイト」と呼んだ。

誰も私の乳母をあえて「ケイト」と呼ぼうとはしない。彼女の肌は真っ白で髪は黒、眉《まゆ》は黒く彼女の瞳はグリーンだった。緑がかった青でもグレーがかった青でもなく、——純粋な草色、エメラルドグリーンだった。そして長い影をつくるまつげにもかかわらず、両の眼は人々を怖がらせた。

彼女はしたいように振る舞い、時に「権力者たち」に従うこともきっぱりと拒否した。そして彼らは、彼女が意思を持ち、自分を激しく不愉快にさせる能力をもつことを学んだ。キャサリンの体つきはほっそりとしていたが、男のような腕の筋肉をもつとても逞《たくま》しい女性だった。……キャサリンはきれいではないが、——醜くもない。仮に彼女の顔にある種の冷淡さがなければ、ほぼ美しいといえるだろう。

私はキャサリンがとても怖い、ほとんど嫌いだといってもいい。だからといって心から嫌うことはできない――なぜなら彼女とトラブルを起こした時はいつも彼女が正しく、私は絶望的に間違っているからだ。彼女を愛することはできないが、いつも彼女が正しいことを――骨の髄まで正しいことを知っている。

私はすごい想像力をもっていて、多くの人たちの悪事を想像できる。しかしキャサリンが何か悪いことを言ったり、したり、一瞬でも悪事を考えるということさえ想像することができなかった。私は権力者たちがキャサリンについて同じ評価であることに気づいていた。

誰にとってもキャサリンの悪口を言うことは有益ではない――単に彼らを笑わせるような思いつきに過ぎない。私自身、キャサリンの悪口を言おうとしたが、悲しい結果を招くことを学んだ。キャサリンは時に横柄《おうへい》で頑固で、人々を、むち紐《ひも》で切られるようなシャープな響きをもつアイルランド語のおかしな名前で呼んだ。

でもキャサリンの正しさは、真実を重視するいかなる人間からも疑われることはない。

島国のアイルランドには東部のアイリッシュ海側と西部の大西洋側という風土の区分があり、それは日本で言う太平洋側と日本海側という区分と似ている。東半分は緑の牧場が連なるエメラルドの島だが、西部は「ボグ」と呼ばれる泥炭層に覆われた、湿地や岩がごろごろしているようなところが多い。

キャサリンの出身地コナハト地方とは大西洋側のアイルランド北西部をさすが、今もとりわけケルト文化の古い伝統が残り、アイルランド語、妖精譚、伝統音楽やダンスなどで光彩を放っている地域である。いわばケルト的な想像力に支えられた魂の領域である。

ハーンの乳母キャサリン（Catherine）のルーツは定かではないが、コステロ（Costello）という姓は、スペインからイギリス・ウェールズを経て13世紀にアイルランド・ミーズ州へ、さらにコナハトのメイヨー州に移った一族ではないかと、先年、亡くなられた日本アイルランド協会の盛節子《もりせつこ》先生からうかがったことがある。ハーンが「黒髪の女性」だったと言っている点でもスペインのルーツというのを彷彿《ほうふつ》とさせる。

先に引いた手記を信じる限り、ハーンにとってキャサリンは甘えられるような存在ではなかったが、筋の通った畏怖《いふ》の念さえ抱かせるような女性で、幼いハーンの身近にあって情操面で相当の影響力をもっていたことが想像される。
では乳母キャサリンは、ハーンにどんな感化を与えたのだろうか。実は、その頃のことを回想した手紙があるのでご紹介したい。それはウィリアム・バトラー・イェイツという後にノーベル文学賞を受賞する高名な詩人に宛てた手紙だ。実はすごく長文の手紙で、内容の大半は、ハーンが大好きだったイェイツの詩「空の妖精群」のタイトルを"The Folk of the Air"から"The Host of the Air"に改めたことと、妖精に自分の花嫁を連れ去られたと感づいた男が家に戻ってみると、死者を弔う「泣き女」たちが集って通夜をしていたという一連を削除したことへの抗議の手紙だ。しかし最後の数行に自らのアイルランドでの体験を語る貴重な証言が記されている。

しかし45年前、私は「心に一筋のひびも入っていない」やんちゃな少年でした。ダブリンのアッパー・リーソン通りに住み、私には妖精譚や怪談を教えてくれたコナハト出身の乳母がいました。だから私はアイルランドのものを愛すべきだし、またじっさい愛しているのです。

敬虔《けいけん》なカトリック教徒のサラ・ブレナンの監視下では、決して妖精譚や怪談を語ることはできなかったので、これはダブリンを離れてアイルランド南部のトラモアやウエールズのバンゴールなどにキャサリンとふたりだけで滞在する夏場の出来事だったと想像される。残念ながらキャサリンが語った妖精譚や怪談は、先に紹介した「三つのお願い」「聴き耳」以外には小泉家に伝わっていない。でもハーン自身にも霊的な感受性があったことはこんなエピソードで知ることができる。

ダブリンのハーン家にはジェーンという修道女が秋から翌年の春にかけて逗留《とうりゅう》していた。彼女はいつも「神様の気に入る」ようにふるまうことが大事だと幼いハーンに説いていた。その手の説法にうんざりしたハーンは、ある日、

「なぜ、神様にばかり気に入られるようにしなければならないの?」

と尋ねた。するとジェーンは、

「あなたを御造りになった神様をなぜあなたは知らないの! 神様はあなたや私をお造りになったことを知らないの! あなたは天国と地獄のことを知らないの?」

と突然、恐怖と苦痛の表情になってこう言った。

「あなたを生きながら地獄へやって、永く永く火の中に入れて焼きます……いつまでも焼きます、——泣く、焼ける、泣く、焼ける、——どうしてもその火から助けられ

ません……あなたはランプで指に火傷《やけど》をした時のことを覚えていますね。体が皆焼けることを考えてごらんなさい、——いつまでも、焼けることを、永く、永く」

以来、ハーンは彼女に憎悪の念を抱き、死んでくれれば再び会わないですむ、とさえ考えた。同時に一神教のキリスト教への懐疑の念がくすぶり始めた。

次の年の晩夏か初秋の頃、家の中でジェーンを見つけた。「ジェーン」と呼んでみた。きっと彼女は微笑《ほほえ》んでくれるだろうと期待して見上げると、彼女には顔はなかった。顔ではなく青っぽいぼんやりとしたもので、見つめているうちに忽然《こつぜん》と姿が消えた。ハーンは階段から転がり落ちた。

何ヵ月か後のある寒い日のこと、本物のジェーンがやってきた。しばらくして床につき、再び彼女は床を離れることなく世を去った。

このエピソードは「私の守護天使」という自叙伝風のエッセーに書かれているが、そこには、7歳の頃、お化けや幽霊を信じていて眠りにつく前にお化けに見られないようにいつも布団をかぶったこと、そしてお化けが布団を引っ張るように感じた時はいつも叫んだとも記している。7歳というのは、人間が超自然に属する生き物から現実の世の生き物へと移り変わる境界の年頃なのかもしれない。それにしても超自然的な現象を人一倍敏感に受けとめる子どもだったようだ。

こんな霊的感受性に富んだ少年ハーンは、恐怖心半分、しかし興味津々にキャサリンの語る怪談を受け入れていくようになる。サラ・ブレナンの強い意志で後に通うことになるイギリス・ダラムやフランスの神学校で神学を学ぶうちに、一神教への矛盾の思いを強くし、むしろ怪談の方がはるかに人間の真理に近いものを宿しているとさえ感じるようになった。

では、さきほどの手紙で、家族にも語ったことがなかったアイルランドへの愛情をイェイツにだけ告白したハーンの心情はどこから来るのだろうか。

結局、アイルランドでハーンは父母の愛情を受けられないままに孤独な日々を過ごした後、19歳の時に親戚が投資に失敗したことから一文無しになって渡米した。そんな思いからむしろ父のチャールズやアイルランドのハーン一族には恨みといわないまでもよい感情は決して抱いてはいなかった。手記の中でハーンが彼らに対して使用した「権力者たち」という言葉にはその気持ちがあらわれている。そのため、ハーンが「アイルランドを愛している」と語ること自体、非常に珍しい。なぜ、こんな心境をイェイツに告げたのかということだ。

それはイェイツが、19世紀後半から20世紀前半にかけてアイルランドを中心に起こったケルト文芸復興運動の流れの中で、アイルランド西部の貴重な妖精伝承を蒐集《しゅうしゅう》してきたことへの感謝と共感の気持ちがあったからだろう。ハーンは、自分より15歳年下のイェイツを妖精文学の第一人者とみなしていた。イェイツの愛読者であっただけでなく、ケルト民族の妖精信仰の「恐ろしい陰鬱《いんうつ》さ」や、アイルランドでは寛容に布教されたキリスト教のためにとりわけ妖精信仰が残っていること、そうした民俗《フォークロア》をもとにつくられた妖精文学が日本の民話と似ていることも承知していた。東大で「妖精文学」というテーマで授業をしたときに、ヨーロッパの詩や物語にこういった迷信的なものが久しく根付いていることの価値を君たちが理解してくれれば、東洋の信仰に根差した文学、つまり怪談の価値にも気づいてくれるだろうと説いている。

ハーンは後に日本で民俗《フォークロア》としての怪異譚を蒐集したり、妻・セツの語る怪談を再話したりすることになるが、もしハーンがアイルランドに残っていたら、イェイツと同じように、妖精譚を精力的に集め、妖精文学のジャンルへの貢献をめざしたことは間違いなかったと思われる。

# 第2章　キシラ島二つの奇跡

私はある場所とある不思議な時を覚えている。その頃は日も月も今よりもっと明るく大きかった。それがこの世のことであったか、もっと前の世のことであったかは定かでない。

（中略）更にまた私は思い出す、一日一日がこの頃よりずっと長かったことを。また、毎日毎日が私には新しい驚きと新しい歓びの連続だったことを。そしてその国と時間とをやさしく統《す》べる人がいて、その人はひたすら私の幸福だけを願っていた。時に私は幸福になるのを拒むことがあった。すると決ってその人は心を痛めた。聖なる人であったのに――。それで私は努めて後悔の色を示そうとしたことを覚えている。昼が過ぎて月が出る前のたそがれ時、大いなる静寂が大地を領すると、その人は色々なお話をきかせてくれた、頭のてっぺんから足の爪先まで嬉しさでぞくぞくするようなお話を。それからも沢山《たくさん》物語を聞く機会があったが、それも皆美しさにおいて、その人のお話の半ばにも及ばない。嬉しさがこらえ切れなくなると、その人は不思議な短い歌を歌ってくれた。それが決って眠りへ誘《いざな》う歌だった。

（仙北谷晃一《せんぼくやこういち》訳「夏の日の夢」『日本の心』講談社学術文庫）

ハーンがギリシャで母と一緒に過ごした幸せな日々の回想と推察できる唯一の文章だ。

ラフカディオ・ハーンの体内にはアイルランド人とギリシャ人の血が半分ずつ混在していた。ギリシャ人の母ローザ・カシマチへの強い愛惜の念を終生もち続け、また古代ギリシャのおおらかな多神教世界への共感を強く抱いていたこともあり、どちらかといえば、自分の中にあるギリシャ人の血を意識することが多かった。ロンドン発ル・アーブル（フランス・ノルマンディー）経由のセラ号という船でニューヨークに到着した時の乗船名簿にも、名前は「パトリック・ハーン」、帰属国は「ギリシャ」と記した。

同母の弟ジェームズに後年、ニューヨークから次のように書き送っていることからも、その心の裡《うち》がうかがえる。

私の魂は父とは無縁だ。私にどんな取り柄があるにせよ、そして必ずや兄に優るはずのお前の長所にしても、すべては私たちがほとんど何も知らない、あの浅黒い肌をした民族の魂から受け継いだものだ。私が正しいことを愛し、間違ったことを憎み、美と真実を崇め、男女の別なく人を信じられるのも、芸術的なものへの感受性に恵まれ、ささやかながら一応の成功を収めることができたのも、さらには私たちの言語能力が秀でているのも（お前と私の大きな眼はその端的な証拠だが）、すべてはお母さんから受け継いだものだ。

（中略）少なくとも、人となりをより気高くする資質、つまり強さや計算高さなどではなく、温かい心や愛する力は、みなお母さんから授かったものだ。どんな大金よりも、私はお母さんの写真が欲しい。

（遠田勝《とおだまさる》訳「書簡Ⅲ」『ラフカディオ・ハーン著作集』第15巻　恒文社）

しかし、母ローザとは4歳で生き別れて以来、再会はおろか、肖像画や肖像写真をも手に入れることなく、1904年9月26日にハーンは東京で世を去った。ローザがコルフ島で亡くなってから22年後のことである。生涯にわたってハーンの心を占有したローザ。どんな人だったのか。

「私幼いの時、一日大層悪戯《たいそういたずら》しました。ママさん立腹で私の頬《ほお》を打ちました。その時、ママさんの顔よくよく見ました。髪の毛の黒い、大きい黒い眼の日本人のような小さい女でした。痛さのためママさんの顔覚えました」

ハーンが家人に語ったローザの面影だ。きっとそんな女性だったのだろう。

私の体内にも十六分の一ほどギリシャの血が残っている。そのギリシャの血はまぎれもなくローザから受け継いだものだ。１９８６年にハーンの生誕地レフカダを訪ねたことがあるが、そこはハーンの母方のルーツというわけではなく、父の赴任先で、たまたまハーンが生まれた場所に過ぎない。ルーツの地はレフカダと同じイオニア諸島でも、レフカダから南へ約４００キロのキシラ島だ。自分のルーツの一つをこの目で確かめ、その島の大気の感触と高祖母ローザの面影をどうしても感じてみたくなり、彼女が生まれ育ったキシラ島を訪ねた。２００８年9月上旬のことである。

22年ぶりのギリシャだった。オリンピックを契機に、新空港・地下鉄の建設など激変したアテネの町に驚きつつ、すぐに空路にてキシラ島をめざした。アテネからオリンピック航空の小型機でわずか40分ほどのフライトである。

ボーディングブリッジなどない小さなキシラ島の空港に着いて太陽を浴びながら到着ロビーへ歩いて行く途中、折り返しの飛行機でアテネへ向かう人たちが佇《たたず》む待合室の中が見えた。その中に日本人と思われる一組の夫婦の姿が目に留まる。アテネで日本人に会うのはあたりまえだが、観光地でもない島の小さな空港になんで日本人がいるのだろうかという興味があったので余計《よけい》に気になったのだろう。もう一度飛行機の近くまで戻って搭乗待合室の老夫婦に視線を移すと、どうしたことだろう。よく知っている人ではないか。そしてもう一度目を凝らしたが間違いなくそうだった。少し派手目のプリントシャツに真っ白なジャケットを着て、パナマ帽を被《かぶ》り、やや日本人離れした高い鼻をしている。それは紛れもなく稲垣明男《いながきあきお》夫妻だった。二人はハーンの次男・巌《いわお》の長男夫婦で、父とは従兄弟《いとこ》の間柄だ。そういえば父も、いつも派手なプリントシャツを着て米軍の事務所に通勤していた。こんな出で立ちもハーンが残したスタイルなのかもしれない。

すれ違いのタイミングは仕方ないがどうしても一言話しかけたくなり、空港の職員に事情を話すと、「搭乗待合室に入って話をしてきて構わない」といって荷物検査もせずに中に入れてくれた。こんな時には、ギリシャ人のおおらかさは非常にありがたい。走り寄って声をかけると、

「凡《ぼん》さん、祥子《しょうこ》さん。今、着いたんですか？」

思ったほど驚いた様子ではなかった。

「実は、横浜のお母さんから9月にギリシャに行かれるという話は何となくうかがっていたんです。でも、同じ時期に旅を計画して、しかもこのキシラでお会いするとはね。不思議ですね。今回、私たちはローザと同じ苗字《みょうじ》のカシマチさんという方にお世話になって島を巡り、墓参もしてきたんですよ」

やはりふたりは、思い立って先祖の国のゆかりの地をいろいろ旅しているという。

「これから一度アテネに戻り、飛行機を乗り換えてさらに南のクレタに行きます。クレタがまた面白いところなんです」

偶然の邂逅《かいこう》を喜ぶ間もなく飛行機への搭乗が始まった。

「では、お互いよい旅をしましょう！」

握手をしてすぐに別れた。島の到着時にこんな出会いが。早くも祖霊の差し金とも思えるような出来事だった。これをきっかけに不思議な出会いが続くことになる。

キシラ島は、美と愛の女神アフロディーテが泡の中から誕生し、風によってこの島に運ばれたという物語で知られる。ペロポネソス半島南東端の海上にあり、七つの島からなるイオニア諸島最南端の島だ。そこはイオニア海、エーゲ海、クレタ海の交わる場所にあたる。だから歴史的にもビザンチンやヴェネツィアなどの強い影響を受け、近代以降はフランスやイギリスの支配を受けたことから、多様な文化的特色をもつ。そして一年を通して気候はマイルドで、夏場はとりわけ安定した青空が何ヵ月も続く。

キシラ島の面積は約280㎢、人口は3000人ほど。ギリシャの島々の中でも最もリゾート化されていない島のひとつだといわれる。ローザが生まれたのは島の南端部にある「キシラ（ホラ）」という集落（人口600人）で、狭い本通りの両側に白い家が密集する。この旅には私たち夫婦の他にアテネに住む友人タキス・エフスタシウが同行してくれた。キシラに住む彼の友人アレキサンダーさんの先導で私たちはレンタカーで島を巡りながら目的地へ向かった。

途中で市がたっていたので立ち寄ってみることにした。菜の花を思わせる黄色い素朴な野草の花束が実に美しかったので尋ねると、「センプリビーバ」というこの島のシンボル・フラワーだということだった。市には蜂蜜《はちみつ》を売る屋台も多かった。ギリシャの蜂蜜は有名で概して色が濃く味も濃厚でヨーグルトにかけると実に美味だが、中でもキシラの蜂蜜は最高級で値段も一瓶日本円で4000円近くする。

ホテルに着くとすでに夕方になっていたので、この日はあたりを散歩する程度にし、翌朝、じっくりとローザの生家を訪ねることにした。

　ギリシャの夜は遅い。いまでもシエスタ（昼寝）をする人が多く、睡眠を2度に分けてとっているからだ。日中は朝8時ごろから午後2時ごろまで働き、ランチタイムは3時ごろ。家に戻って家族みんなでワインとともにゆっくりと時間をかけて楽しむ。それからシエスタ。6時ごろに起きて潮風にあたりながら散歩をする。そうなれば、夕食は10時が一般的だ。もちろんアテネのような大都市では、最近、北西ヨーロッパのような効率を求めて伝統的な生活をしない人も多くなっている。それでもいつも人生を突っ走っている日本人からみると羨《うらや》ましいスローライフだ。キシラのような島ではとりわけ昔ながらの生活が残っている。この日も、タキスの友人たちが歓迎の夕食会を開いてくれた。

「じゃあ、11時に待ってるからね」

　まだ時差ボケで疲れているのに「夕食が11時？」と思ったが、土地の人たちの生活に馴染《なじ》まなくてはローザの面影など感じられるわけがないと思い直し、11時にキシラからカプサリの海辺まで下りていく。会場はアレキサンダーさん宅の裏庭で、オリーブの古木に囲まれた傾斜地に椅子《いす》とテーブルを設営して、自分の経営するタベルナ（食堂）から料理を運んでもらうという手作りのディナー。ギリシャでは食堂をどういうわけか「タベルナ(食べるな?)」といい、アイルランドやイギリスのパブのようなコミュニティーセンター的な役割も担う大切な場所になっている。一緒に設営を手伝って、ワインを飲み始めたのは日付が変わろうとする頃だった。

キュウリとトマトをざっくり切り、巨大なフェタチーズをのせ、オリーブオイルをたっぷりかけて食べるグリーク・サラダ。炭火で焼いた新鮮な魚。それに自家製のワイン。典型的なギリシャの島の料理である。ローザの好物も地魚だったのだろうか。あるいは蜂蜜とヨーグルトだろうか。170年前も今とまるっきり違う食生活とは思えないが、より自然に逆らわない自給自足の生活で、ローザは幸せな日々を送ったのだろう。チャールズと出会い、ダブリンに移ってからの失意の日々は、きっと食生活の違いによる要因もあっただろうと直感した。

零時半ごろ、ココリス町長も合流。「遠路ようこそローザの島へ」と挨拶《あいさつ》を受け、恐縮した。宴《うたげ》は1時半頃に最高潮を迎える。2時を回った頃、眠気と疲労感にどうしても耐えられなくなり、タキスを説得してホテルへ戻ることにした。おそらく夜明け近くまで宴は続いたのだと思う。

何時に眠ろうが朝は何ごともなかったかのように8時前に出勤していくのがギリシャの流儀。これはなかなか日本人には真似できないわざだ。

さて、ローザの生家は今も残っており、ちょうど改装中であった。でも逆にそれが幸いして中を見ることができた。オーナーはペテロヒロスさんというアテネに住んでいる人なのでふだんは空き家になっている。

家は傾斜地にたつ1階と地下室からなる二階屋で、2階のベランダからは高く聳《そび》える カプサリ城塞《じょうさい》を眼前に仰ぐことができる。ローザは1823年にこの家で生まれた。「ここで幸せに食卓を囲んでいたのか、このあたりにベッドを置いていたのかな」とローザがチャールズと出会う前の平穏な日々を想像してみる。

1809年以降、イギリスがこの島を統治するが、その拠点となったのが目の前にあるカプサリ城塞で、20代半ばのローザがチャールズ・ブッシュ・ハーンと出会ったのもまさにそこだった。チャールズは、1819年ダブリンに生まれ、医学校を卒業後、1848年4月イギリス陸軍のヴィクトリア女王陛下の連隊付き軍医補としてキシラ島にやってきて、このカプサリ城塞に駐留することになった。現在、城塞には公文書館《アーカイブ》と教会があり、館長のハロスさんから古い住民台帳に記載された「ローザ」とその兄「ディアマンタ」「デミトリオ」の名を見せてもらう。そしてその子孫が来たことに対し全身で喜びをあらわしてくれた。

さらに、隣接する建物はローザが日々通っていたマドナ・ラティーナ教会で、驚い

キシラ集落全景（階段のすぐ上の家がローザの生家）

たことに彼女が礼拝していたイコンのマリアの顔は黒かった。５３０年頃からこの島がビザンチン文化の影響を受けたことによるという。ダブリンのプロテスタントのハーン家に嫁いだローザが、やはりギリシャから持参したオリーブ・ブラウンの聖母子像の顔を仰ぎつつ、悲しみの中でふるさとを追懐していたことが想像された。

３日目の朝、宿泊先のホテルで微笑む老婆と出会う。彼女はホテルオーナーの母親でキキ・ニキホラキという人だった。私たちに宿泊代は不要だと告げた。なぜかと尋ねると、自分はローザがキシラに戻って再婚したジョン・カバリーニの長男アンジェロにゴッドファザーになってもらったからだという。アンジェロ、ローザ、そしてラフカディオを敬愛しているそうだ。そしてローザの肖像写真を小さい頃に見た記憶があるとも。これには驚いてしまった。今、滞在先のホテルのロビーで、目の前にローザの面影を知る老婆が微笑みながら座っている。そんなことがあっていいのだろうかとさえ思った。

じっさい、キシラ島の公式ガイドブックの「文学と芸術」の項で、「キシラとレフカダを出自にもつラフカディオ・ハーンは19世紀後半に活躍した日本の国民的詩人だ」と紹介されているので、ある程度島でもハーンのことは認知されているのだろう。またキシラではローザの息子アンジェロの評判が実にいい。アンジェロは、島の人々を愛し、優れた人格をもつ実業家としていまも人々の記憶の中に生きているのだ。

私はローザの再婚については知っていたが、どんな人と結婚しその子孫が何をしていたかまでは知らなかったし、大して興味もなかった。

これも偶然なことに、キシラを訪問する前年の暮れ、ニューヨークで古書店を営むジャスティンという老人が、アメリカのある人から入手した祖父・小泉一雄の書簡類を「売る気はない」として親切にも横浜まで届けてくれた。（この詳細については『凡』の因果」の章でお話ししたい）。返された書簡の中にローザの再婚相手のジョン・カバリーニと息子のアンジェロの写真があったのだ。なぜ彼らのことがわかったのか。それは一雄が写真に丁寧なキャプションを付していたからだ。おそらく、写真はハーンの没後、一雄が何らかのルートで手に入れたものと思われる。とくにアンジェロの顔立ちはひと目見てイタリア系とわかる特徴をもっている。カバリーニ家はもともとイタリアのジェノバから来た人たちだ。

さて、キキさんは、ハロスさんとともに、初めて聞くローザの伝承を語ってくれた。それによれば、カシマチ家は名門で、しかもローザの家の隣は学校であり、ローザは伝記作家がいうように読み書きできない人ではなく十分な教育をその学校で受けていたこと、キシラに戻った後もラフカディオのことを誰よりも心配し、生涯愛していたこと。一度ダブリンまで行ったがラフカディオには会わせてもらえなかったこと、そして晩年すごく太っていたことも付け加えた。ローザの面影が少しずつ見えてきた。

さらにその日の午後、レンタカーの給油のために村の小さなガソリンスタンドに立ち寄った。そこで佇んでいた老婆にタキスが話しかけた。

「こんにちは。日本から友人を連れて来たよ。でもこの人の先祖はキシラから出ているんだ。彼のひいおじいさんがラフカディオ・ハーンという作家で、日本人と結婚したんだ。その母がローザ・カシマチといってこのキシラの出身なんだよ」

するとと老婆は微笑みながら言った。

「ローザのことはよく聞かされていたよ。私はローザの息子のアンジェロにゴッドファザーになってもらったんだから。そして子どもの頃、ローザの写真を見たことがあるよ」

「ええ？　あなたもローザの写真を？」

「実は今朝、ぼくらが宿泊したホテルでも同じことを言うおばあちゃんに出会ったんですよ」

老婆はさらに微笑んだ。

「それは私の姉だよ」

こういう出会いは「偶然」を超えて心境としては怪異である。

さらにローザの縁戚にあたるジョン・マセロー老人とも対面をする。

「子どもの頃、家にはローザの写真が絶対にあったんだ。私は何度も見たことがある。でも残念ながら今は見つけることができないんだ。でも今度、今度あなたが来る時までにぜったい捜しておくよ」

どうも容姿や服装、髪型などについての記憶は薄れているようだった。別れ際には万歳をし、固くハグをして再会を約束した。

島を離れる前に、ローザが眠るセント・スピリドン墓地を訪ね、手を合わせ、今も誇りを持って島であなたの人生が語り継がれていることをローザの御霊《みたま》に報告した。カプサリ湾が一望できる絶景の墓地だった。

ローザについては、1912年に出版されたニナ・ケナードの評伝『ラフカディオ・ハーン』に「怒りっぽくて慎みがない」「音楽の才能があったが、それを磨こうとしない」「一日中ソファに横になって不平を言う」「頭はいいが全くの無学」「子どもに対しては気まぐれで暴酷」といった人物像が紹介されて以来、概して評判が悪い。じっさい、そういう面もあったのだろう。

しかし、キキさんたちが言っていたように隣接する学校はローザの家からわずか数十歩。今は倉庫となっているが、建物はまだ残っていた。学校に行かなかったというのがむしろ信じ難い。いや、たとえローザは無学で感情的だったとしても、そんなことは私にはもうどうでもいいように思えてきた。キシラの人々が今も誇りをもってハーンの母ローザの人となりを語り伝えていることに、その玄孫《やしやご》として驚きと喜び、そして敬意の念を抱くのだ。

同時に、私自身も十六分の一だけ継承しているギリシャの血を自覚し、自分のルーツのひとつがこの島にあることをあらためて強く感じた。

# 第3章　続くギリシャでの邂逅

それから2年後のこと、思いがけずローザの肖像とNHK松江放送局で対面した。作者は島根県津和野《つわの》出身の画家でハーンの愛読者でもある安野《あんの》光雅《みつまさ》さん。NHK松江放送局が「母の面影を求めて～安野光雅　八雲の原点を描く～」という番組を制作したことからだ。この番組は２０１０（平成22）年10月1日に放送され、翌日の２日には島根県立美術館ホールで対談もさせていただいた。

安野さんはさきほどのキシラ島の３人の老人によるわずかな証言を手掛かりに、ローザを想像した。そして私が泊まった同じホテルの一室で仕上げたものだという。横向きと前向きと2枚あり、「どちらかいい方1枚を凡さん、どうぞ」と言ってくださった。直感的に横向きの方に親近感を覚え、そちらをいただくことにした。肖像画の左下には「M. Anno, 2010. 7.3」、右下には「ハーン先生の顔を女性の顔になおしキシラ島のローザの縁戚の方たちから　髪型や服装などのようすを聞いて　想像した

ハーンのお母さん　ローザ」と鉛筆で書き込まれていた。何と嬉しくありがたいことだろうか。「全財産を投げ出しても肖像画が欲しい」と晩年まで家族に語っていたハーンに一目見せてあげたかった。ハーン生誕160年・来日120年の節目に、こんなかけがえのないプレゼントが届けられたのも何か不思議だ。ハーンがねだったのだろうか。

　その後、キシラ島へはまだ行っていない。しかし2013年9月にローザが亡くなったコルフ島を訪ねた。以前から、なぜイオニア諸島の一番南の島キシラにいたローザが一番北の島コルフの病院で亡くなったのか、納得のいかない点があったからだ。本土のイゴメニッツァからフェリーで約2時間、イタリアを感じさせる町並みが目に飛び込む。上陸して、さっそく晩年のローザが入院していたコルフ精神科病院を訪ねた。現在はイオニア大学のキャンパスの一部になっているが、確かに今も精神科病院はあった。この病院についてはすでにノンフィクション作家の工藤《くどう》美代子《みよこ》さんをはじめ複数の学者たちがローザの調査に訪れている。ただ、わかっているのはローザが「宗教熱中症」という診断を受けていたことと1882年12月12日にこの病院の中で亡くなったということだけだ。私より1年前にここを訪れた妻がヤニス・アラマノスさんという文書管理セクションの方とお会いし、調べていただいたが、とくに新しい資料は見つからなかった。そして死因はいまだ不明のままである。

病院を訪れたとき、イオアニスさんというドクターがこんな話をしてくれた。

「なぜあなたの先祖のローザという人がこの病院に入院したかわかりますか？」

「いいえ、そのことがぜひ知りたいんです」

「この病院は1832年にできたんです。当時、精神科病院というのはとても珍しかったんですよ。バルカン半島で唯一の精神科病院でした。だからギリシャはもとより周辺の国々からもメンタルな病気の人たちがみんなここへ入院したんです」

「なるほど」

と思わず大きく頷《うなず》いた。それがわかっただけでも幸せだ。ローザが、愛する故郷キシラを離れざるを得なかった理由がこれではっきりした。裏手に回ると敷地内に古いギリシャ正教の教会があった。壁面にはひびが入り今にも崩れそうな古い建物だった。でもこれこそローザが通った教会に違いない。宗教熱中症になるというのは、ローザが純粋な女性だったことと、精神的苦労が多かったことを物語っているような気がする。

このコルフ島にはマノスという外交官が蒐集した膨大な浮世絵コレクションがある。かつて江戸東京博物館でその里帰り展も行われた。イギリスの占領時代に使われた建物が今は「コルフ・アジア美術館」としてマノスが蒐集した一万数千点の作品が収蔵されている。そこには、「ラフカディオ・ハーンと日本」というテーマの展示コーナーもある。この博物館は経済危機に陥ったギリシャにあって、ＥＵと日本の国際交流基金と連携して運営しているので何とかやっているということだった。

「近い将来、ラフカディオ・ハーン・ルームをつくる計画です。日本とギリシャの文化的共通性は哲学とアートにあると思うの。両国の文化の橋渡しをしたのはハーンですもの。だからその時は協力してくださいね」

ディレクターのデスピナさんは、経済危機の煽《あお》りで冷房がとめられた館内で日本の扇子で扇《あお》ぎながら、オレンジジュースを片手にそう話してくれた。思いがけず嬉しい知らせだった。

ギリシャでは不思議な出会いが多い。２００８年ギリシャでの話。

キシラ島からアテネに戻り、昼下がりにエーゲ海で少し泳いでから、さらに南のスーニオン岬に立ち寄った。ここは海の神、ポセイドンをまつる神殿があることで有名だ。いくぶん風が強かったが、岬から眺めるエーゲ海は、絶景としかいいようがないパーフェクトなギリシャの風景だった。ここにはタキスとその親友のジミーが同行してくれた。するとひとりの白装束の老人が近づいてきてジミーと言葉を交わした。

「こんにちは。気持ちがいい日だね」

ジミーが尋ねる。

「そんな荷物をもって旅でもしてるのかい？」

するとその老人は、こう答えた。

「俺の本業は哲学者なんだ。哲学には旅が必要なんだ。だからいつもこうして旅をしているのさ」

ギリシャ人のひとつの典型のような老人だった。なぜなら神話や哲学のことで初対面の人と議論するのはギリシャ人のＤＮＡと言ってもいいかもしれないからだ。私たち同行者について話が及ぶと、旅の哲学者はにわかに興奮してこう言った。

「何だって？　ラフカディオ・ハーン!?　俺の息子はラフカディオ・ハーンの大ファンで、ついこの間、ハーンの作品のギリシャ語訳を出版したんだ。こんなところでその子孫と会うなんて、信じられないよ！　今日はとても嬉しい！」

ローザの面影を慕う2回の旅は、因縁めいた出会いに満ちていた。

# 第4章　異界への想像力――アイルランドの不思議な出会い

## バンシー

２００２年８月、アイルランド西部の町スライゴを訪れた。ダブリンで３日間の公務を済ませた後、大西洋が見たいというふたりの同行者の希望で、西海岸のスライゴまで足をのばすことにした。ダブリン・コノリー駅から３時間ほどディーゼル機関車の牽《ひ》くオレンジ色のインター・シティーの客車に揺られて、肌寒い晩夏の昼下がりにスライゴに到着した。

スライゴは別名イェイツ・カントリーともいわれ、妖精譚を採集し再話したノーベル文学賞詩人のウィリアム・バトラー・イェイツがとりわけ心の故郷と感じた場所だ。イェイツはこの地でおもにパディ・フリンという老人から採話した妖精譚を『ケ

ルトの薄明』(*The Celtic Twilight*) として上梓《じょうし》した。その中には、神隠しに遭った
という人の話や家付きの妖精の話などさまざまな妖精譚が収録されている。たとえば
こんな話だ。

大体どこの谷間や山の辺でも、住民の中から誰かがさらわれている。ハート・レー
クから二、三マイル離れたところに、若い頃さらわれたことがあるという老婆が住ん
でいた。彼女はどうしたわけか、七年後にまた家に戻されたのであるが、その時には
足の指がなくなっていた。踊り続けて、足の爪先がなくなってしまったのである。
(井村君江《いむらきみえ》訳『ケルトの薄明』ちくま文庫)

この話を読むと、多くの読者の方は柳田國男の『遠野物語』第八話を思い出すだろ
う。

黄昏《たそがれ》に女や子供の家の外に出ている者はよく神隠しにあうことは他《よそ》の国々と同じ。
松崎村の寒戸《さむと》というところの民家にて、若き娘梨の樹の下に草履《ぞうり》を脱ぎおきたるまま
行方を知らずなり、三十年あまり過ぎたりしに、ある日親類知音の人々その家に集ま

りてありし処へ、きわめて老いさらぼいてその女帰り来たれり。いかにして帰って来たかと問えば、人々に逢いたかりしゆえ帰りしなり。さらばまた行かんとて、ふたたび跡を留めず行き失せたり。その日は風の烈しく吹く日なりき。されば遠野郷の人は、今でも風の騒がしき日には、今日はサムトの婆が帰って来そうな日なりという。

（柳田国男『新版　遠野物語　付・遠野物語拾遺』角川ソフィア文庫）

「サムトの婆」は、梨の木の下で神隠しに遭った娘が、30年あまりたって束の間《つかま》戻ってきて、また異界に帰って行くという話だ。さらに『遠野物語拾遺』の一三五話には青笹村中沢《あおざさむらなかざわ》の新蔵《しんぞう》という家の先祖に美しい娘があり、神隠しにあって六角牛山《ろっこうしさん》の主のところへ嫁に行ったが家が恋しくなって束の間戻ってきたという話もみえる。

ここでアイルランドと日本の神隠し譚に共通するのは、連れ去られるのは女性であるという点と、何年かして一度は戻ってくるという点、さらにこういったふしぎな出来事は、町中ではなく異界に近い村はずれや山麓《さんろく》などで起こりやすいという点だ。時間帯は概して日没や夜明け前の薄明の頃。*The Celtic Twilight* という書名も当然、妖精出没の時間帯を意識しての命名だったと思われる。また、行方不明者が出た場合に、失踪《しっそう》事件ではなく神隠しとしてとらえ、異界の力の関与を認め、異界への畏怖の念を物語として伝えていくという点も両者に共通する精神性だ。

しかし違いもある。柳田國男は「天狗の話」（『妖怪談義』）の中で「フェアリーの快活で悪戯好でしかも又人懐こいような気風はたしかにセルチック（ケルト的）である。フェアリーは世界のお化け中まさに一異色である。これに比べると天狗はやや幽鬱である。前者が海洋的であればこれは山地的である」と、日本とアイルランドの神隠しの容疑者のイメージの差異を述懐している。

アイルランドには家付き妖精の話も多い。イェイツは「家につく幽霊は、普通は無害で人に好意的なものである。人はその幽霊に、出来るだけ長く家にとどまってもらおうとする。こうした幽霊は、自分の居る家の人々に、幸運をもたらす」と言っている。また柳田國男やハーンが親しんだトマス・カイトリー『フェアリー神話学』（*The Fairy Mythology*, 1850）にもアイルランド南部コーク州の紳士の家に住みついたクルリコーンという家付き妖精の話が載っている。クルリコーンは家事を手伝うが時に待遇が下がると仕返しをした。煩《わずら》わしくなった家族は引っ越しを決意するが、自分も連れて行けと妖精に駄々を捏《こ》ねられ、引っ越しを断念し、妖精は主人の死後もその家に住み続けたという話だ。

柳田國男はイェイツの『ケルトの薄明』などを読んで、アイルランドのこんな家付き妖精の存在を知り、柳田に原「遠野物語」を語った話者、佐々木喜善《ささききぜん》に興奮して「愛蘭（著者注・アイルランド）のフェアリーズにはザシキワラシに似たるものもあり」と手紙を認《したた》めたほどだった。ケルト世界では家に住んで仕事を手伝う妖精は一般にブラウニーという名で知られている。アイルランドではプーカと呼ばれる。見られるのを嫌がるので夜の間に仕事を手伝い、少しの食物を与えていれば喜んで働くが、お礼に立派な衣服を与えたりすると、それを自慢しに妖精の国に帰ってしまうと言われている。

ケルトと日本の超自然的存在には共通する神性がある。ハーンも柳田もそれに気づいていた。

さて、スライゴではイェイツのミュージアムやケルト神話に登場する妖精の女王メイヴの墓があるノックナレア山の麓《ふもと》を散策したりと、あっという間に時が過ぎた。夕方、ロンドン・ヒースロー行きの小型機に乗る前に、大西洋をじっくり眺めようとストランド・ヒルという海辺の小さな村に立ち寄った。日本の初冬のように肌寒く、強風が吹き荒れ、今にも雨が降り出しそうな典型的なアイルランドの天気で、海は鉛色に近く、夏の海とは思えぬほど荒れていた。

彼方《かなた》にある次の陸地はアメリカの東海岸なのだと思うと、ジャガイモ飢饉《ききん》でエグザイル（積極的自己追放）の精神をもって移民していった多くのアイリッシュたちのことが思い出された。私の先祖も、アイルランド移民の一人なのかと思うと、胸に熱いものを覚える。もう少し南のクレア州には"The Last Music Cafe before America"（アメリカの手前にある最後のミュージック・カフェ）という思いの込もった名前の店もあったことを思い出す。

余《あま》りの寒さで、海岸の近くにあった小さな店に飛び込んだ。日用品のほかにポストカードなど観光客向けのお土産品も扱っている小さなよろず屋だった。店の奥に手作りのセント・ブリジッド・クロスが置いてあったので思わず手にとって眺めてしまった。

これは、インボルグと呼ばれるケルト民族の節分行事の際に、悪霊退散、無病息災を念じて麦わらやイグサでつくる魔除《まよ》けだ。日本の各地でも節分のころにヒイラギの枝に鰯《いわし》の頭を刺して門口に飾る習慣があるが、それと心意は同じものだ。地域によって形状が違うが、スライゴのものは4枚の麦わらでつくった羽根を組み合わせて十字形に仕上げている。お土産用として小奇麗《こぎれい》に加工されたものはダブリンでも見たことがあったが、こんな素朴な手作りのものははじめて見たのでやや興奮気味だった。インボルグは2月1日に行われ、現在でもアイルランドの小学校では子どもたちがこの魔除けの作り方を習っているという。カトリックの国でありながらこんな根強く民衆の間に浸透した民間信仰があるのが、アイルランドの文化を奥行き深く多彩にしている。

地元のお客と会話を楽しんでいた店員の老婆が、3人の中で私をめがけて近づいてきた。セント・ブリジッド・クロスに興奮していたのできっと説明してくれるのだと思って微笑みながら挨拶を交わした。ところが、こう切り出された。

「あなた、妖精好きでしょう？」

何で、3人の中で自分を選んでそんなことを訊《き》くのだろうか。

「はい、興味があります」

と正直に答える。

「聞いて欲しい話があるのよ。私は48歳の時に夫に先立たれたの。夫が亡くなる前の晩、バンシーが枕元にやってきて目を赤くはらして泣いたのよ」

バンシーとは、アイルランドの裕福で家格のある旧家に住み着くといわれる妖精だ。「シー」はアイルランド語で「妖精」、「バン」は「女性」をあらわすので、まさに「女の妖精」。裕福な家に住みつくという点では座敷わらしとも似ているが、家族の死を予兆する妖精として知られ、その不気味さは座敷わらしのイメージとは異なっている。老婆はその姿を詳しく語ってはくれなかった。しかし一般にバンシーとは天寿をまっとうできずに亡くなったその家の女の霊で、青白い顔で流れるような長い髪をもち、常に泣いている目は火のように赤い。緑の服の上に灰色のマントを着ているといわれる。バンシーの話を人にすることはある意味では自分の家筋への誇りを語ることにもなるのかもしれない。

「私はその場面を今もはっきりと思い出すことができるの。その後まもなく私の夫は死んでしまったの。バンシーが告げた通りになったわ。だから私はバンシーの存在を信じてるの」

ハーンは妖精文学に底流する妖精信仰について、「はるかに恐ろしく、陰鬱である。そこにはユーモアなどない。その主題は極度の恐怖である」と、東大の学生に語っている。妖精の世界が死者の世界と直結するアイルランドの伝統的な他界観を、カイトリーやイエイツの著書を通して理解していたからだろう。ハーンはスライゴには行ったことはないようだが、そこから少し南西へ下がったメイヨー州のコングにはよく出かけていた。それは伯母キャサリン・エルウッドと息子のロバートがいたからで、孤独なラフカディオを伯母はとても可愛《かわ》いがってくれた。ダブリンでは心を閉ざしていたハーンがコングでは心を開いてケルトの精神性を受け入れ、アイルランドの美しい夏を森の中で楽しんだ。

ハーンがロバートと一緒に妖精の輪を探して遊んでいた時のことだ。妖精の輪がみつからないかわりに、大きな松かさをみつけた。そしてロバートに、こんな話をした。

昔、ある人が妖精の輪と知らずに、その輪の中で眠り込んでしまったんだ。その人は7年の間も姿が見えずにいた。友達がやっとのことで魔法から助け出してやった時には、その人は口をきくことも、物を食べることもできなくなってしまっていたんだって。

その時、髪の毛をぼうぼうとはやしたふてぶてしい男が現れ、竪琴《たてごと》を弾き始めた。

そこで演奏された「春の日の花と輝く」（"Believe me"）というその曲は忘れられない旋律として生涯耳に残ったが、そのミュージシャンとの遭遇はハーンには超自然に棲《す》むものとの出会いだと感じられた節がある。

「あいつはお化けかね？　妖精かね？」

ハーンはそうロバートに語りかける。

だからこの回想記「ひまわり」をハーンは『怪談』に入れたのだとする研究論文もある。作品の中では舞台はウェールズに設定されている。しかし、このふたりの少年の神秘体験は、伯母のキャサリンと従兄弟のロバートが住み、ハーンもよく訪れたコングでの出来事だと考えるのが自然だろう。作品の冒頭に「ぼくは7歳とすこし」とあるので、超自然の世界と交渉可能な、ぎりぎりの齢《よわい》だったのだろう。晩年、ハーンは、ケルト民族は森や川や山に棲む霊とか、100体にも姿を変えられる霊についての、非常に風変わりな独自の信仰をもっていると語っている。ダブリンでは体験できない自然の中の精霊との遭遇として強く心に響いたのだろう。

## 二つの邂逅――２０１２年のアイルランドで

２０１２年の秋、久しぶりにコングを訪ねる機会があった。ダブリンから西へ３０キロほどの距離だ。夕方6時を過ぎて、ダブリンを出たのに、高速道路のお陰で９時過ぎにはもう、コングのライアンズホテルのパブでハイネケンを飲んでいた。翌朝、ハーンの伯母キャサリン・エルウッドの子孫にあたるイーモン＆マーガレット・エルウッド夫妻と対面した。つまり遠い親戚だ。彼らの息子エリックは、ラグビーのコナハトチームのコーチでアイルランドではよく知られる人物だ。「ようこそコングへ」と心から歓迎してくれた。「あなたの曾祖父がここを訪れたのは5歳から11歳の頃で、従兄弟のロバートは男7人女6人の13人も兄弟がいて、それは賑《にぎ》やかな一家だったよ」と、往時の話をしてくれた。

かつてエルウッド家（ストランドヒル・ハウス）があった場所（アシュフォード城内）を訪ね、アイリッシュ・タイムズとドキュメンタリー・フィルムの取材を受けてエルウッド夫妻との邂逅の印象を語った。再びライアンズホテルのパブに戻り、自慢のスモークサーモンのランチを食べた。

食べ終わった頃、今度はハーンの曾祖父ロバート・トーマスの6代目の子孫にあたるロザリー（Rosalie Somerville）さんとジャネット（Janet Mary Young）さんがニュージーランドとオーストラリアから一緒に到着した。つまり、はからずもハーンの別系統の子孫が同じ時空にそろったわけである。何という偶然だろう。コングの関係者にはその情報が伝わっていたようでとくに驚いた様子はなかったが、こちらはキャサリン・エルウッドの子孫に会えて興奮しているところに、もう一組の親戚がはるばる1万7000キロを旅してやってきたのだから、それは大きな驚きだった。日本とオセアニアから、同じ先祖の所縁《ゆかり》をもとめて地図上では針の先よりも小さな空間に集合したのだ。ロザリーはさっそく家系図のコピーを出して自分の位置を熱っぽく語り始め、場はさらに盛り上がった。そこにコングの郷土史家の女性も現れて、“Coincidence!”（偶然の一致）と喜びの声をあげたが、「こういうことはアイルランドではよくあるの！」と冷静に付け加える。

じっさい私も今から十数年前、ダブリンのトリニティ・カレッジという大学の正門前で「凡さん」とアイルランド人から日本語で声をかけられた。観光客で溢《あふ》れかえる真夏のことだ。振り返るとかつて松江で国際交流員をしていたニーフ・ケリーさんが微笑んでいた。その時はあまりの混雑でホテルの予約もできていなかったので、結

イーモン・エルウッド氏と筆者（アイルランド・コングにて）

局、ホームステイをさせてもらうことになった。この出会いがなければ路上をさまよっていたかもしれない。「なぜ、出会ったのだろう」という奇妙な心持を覚えた。確かにアイルランドではこういうことが時々あるのかもしれない。日本人と同じように縁の力を尊ぶ国なんだと実感する。

ハーンが白昼に幽霊と遭遇したと感じたコングで、自分も白昼に先祖の力によってか不思議な出会いにあずかった。その数日後、今度は、アイルランド南部ウォーターフォード州のダンモア・イーストという小さな海辺の町でまた不思議な出会いを経験した。

ダンモアではダブリンに住む日本人の写真家・藤田《ふじた》需子《もとこ》さんの友人トニー・ケリー夫妻のお宅に1泊お世話になった。ダブリンから南へ200キロ弱の距離だ。ここへも高速道路のお陰で3時間かからないで到着できた。まだ若いトニー夫妻は実ににこやかに迎えてくれた。

「まず、家に入るのを待って。家の横にまわって欲しいの」

奥さんがそう言う。

「変なことを言われるな」と思った。手招きされて家の側面にまわると、何か黒いプ

トラモア海岸

レイトのようなものがつけられていた。近づいてみると「パトリック・ラフカディオ・ハーン滞在の家」という表示ではないか。これには驚いた。着いた矢先にやられてしまった。

不思議な縁を嚙みしめ、数分ほど海沿いを歩いたヘブンホテルに夕食に出かけた。夕食にはアイルランドでもきわめて希少な屋根《やね》葺《ふ》き職人ヒューさんも参加した。めっきり草屋根が減り、比較的草屋根の多いクロアチアをはじめヨーロッパ全土に葺きに出かけるという。

「ぼくの兄はアメリカの大学で教えていて、日本人と一緒に研究しているんでよく日本にも行くんだよ」

とヒューさんが言う。

そして帰国後に、アメリカの大学で教えるヒューさんの兄パトリックさんが、共同研究をしている関西大学のW先生とともに、松江に春を告げるセント・パトリックス・デイ・パレードに参加してくださった。ダンモアでの一瞬の出会いが導いた出来事だった。

さらにダンモアの西のトラモアでは、ハーンの大叔母サラが眠るホーリー・クロス教会で市長に温かく迎えられ、その後、海岸で地元の老人たちが海に飛び込む風景を眺めた。ハーンもこの海で泳ぎを覚え、海の魅力に取り憑かれたのだった。同行してくれた歴史家アグネス（Agnes Aylward）さんも「彼らは 10 o'clock Swimmers' Club のメンバーなの。市長も私も会員よ。昨日は私も海に飛び込んだわ！」と、平然と語る。ダウンジャケットで寒さを凌いでいる自分に照らして、驚異のまなざしを隠せなかったが、こんな冷たい海で泳げれば、ハーンのような泳ぎの達人がこれからも出るに違いないと確信した。トラモア公立図書館にある「悩めるハーン」の姿を象った小型のブロンズ像ともはじめて対面する。これはアイルランド人彫刻家ジョン・コール（John Coll）の作品で、ハーンの没後100年を記念して2004年9月26日に設置記念の除幕が行われた。ハーンの精神性の重要な一面を鋭く浮き彫りにした秀作だと感じた。

午後はハーンが滞在した今も残る2軒の家（大叔母の別荘）を訪ね、最後にアグネスさんがある場所に案内してくれた。それははるかに海を見渡す小高い場所にある、緑が茂るただの傾斜地だった。

「ここにラフカディオ・ハーンの人生をイメージした日本庭園を造りたいと思うの。この考え、どう思う？　話がうまく進めば、松江から造園師を派遣していただけない？」

急な質問に驚いたが、それは子孫としても嬉しいことだし、日本との友好のシンボルのひとつになればいいと思った。ハーンの人生へのこだわりはクリエイティブな発想で嬉しいが、じっさい表現するのは難しいだろうなとも思った。帰国後、アグネスさんは何度か私たちとコンタクトを取りながらその計画を着々と遂行し、町ではなくウォーターフォード州として万博基金に申請された。

それから1年余りたった2013（平成25）年12月2日、思いがけず、来日中のアイルランドのエンダ・ケニー首相と安倍《あべ》首相の官邸でお会いすることになった。安倍首相は私のことを“He is Irish Japanese!”と紹介した。ケニー首相は「今度、ウォーターフォードにラフカディオ・ハーン日本庭園ができる予定です。それが新しい日本とアイルランドの文化友好のシンボルになるでしょう！」と自信を持って語られた。アグネスさんのプランは国のレベルにまで知れ渡っていたのだ。驚きとともに出会いの面白さや尊さを実感した。

日本へ帰国する前に、今回のアイルランドの旅でおこった出来事や出会いを振り返った。異界と人間世界の境界が曖昧《あいまい》なアイルランドを実感しながら。

## ハッピー・ゴースト

2005年8月、アイルランドを西から東へ旅した。普通は東のダブリンから入るのだが、この時はあえて西のシャノン空港から入った。アイルランド伝統音楽を楽しむ旅を企て、おもに松江からの参加者30名を率いていた。この国の伝統音楽は西海岸(大西洋岸)のクレア州が聖地なのだ。日本と同じようにアイルランドでも日本海側に相当する大西洋側に文化の古層が残っている。

アイルランドのミュージシャンの多くが西海岸の出身だ。アルタン、エンヤ、クラナド、ルナサ、マーティン・ヘイズ……。

日本人でアイルランド伝統音楽奏者のパイオニア、守安功《もりやすいさお》・雅子《まさこ》夫妻も年間三分の一をクレア州で暮らしている。この旅では、ご夫妻にずっと同行していただき、守安さんの親しいミュージシャンに宿泊先にまで出向いて演奏してもらった。

さらに、今度は内陸部のオファリー州の天才的なティン・ホイッスル奏者のショーン・ライアン宅に向かった。

ショーンの家の手前わずか数キロのところで不思議な聖木に出会った。"Wish Tree"（願い事の木）。そこを通り過ぎるとき、バスの運転士がハンドルから手を離して聖木にむかって合掌するのを目撃した。走行中のことで一瞬、ヒヤッとしたが、そんなことより間近で木を見たくてあわてて止めてもらった。よく見ると、聖木をよけて道が両側に分かれるようにつけられている。そして木を観察すると無数の供物が枝からさがっていた。ハンカチや布などだ。まるで、夥《おびただ》しい数のおみくじがぶら下がった神社の境内の榊《さかき》のようである。多くの奉納品のせいか垂れ下がった木の格好をみると、ハーンが描き残した「古椿」という霊性を帯びた老木のイラストを思い出した。

アイルランドは国民のほとんどが敬虔なカトリック教徒だが、ケルト民族のドルイド信仰が一部キリスト教と融合しつつ、今もまだ根強く残っている。それは、日本のアニミズム（精霊信仰）を起源とする民俗信仰を背景として神道が生まれ、外来の仏教と習合した事情とも似ている。ドルイドの「ドル」は一説には樫《かし》（oak）だという。「イド」は知恵なので、「樫の木の知恵」ということになる。この国には根強い樹木信仰が息づいていて、とくに樫やサンザシ（hawthorn）は精霊や妖精たちが宿る聖木とみなされる。それは沖縄の聖地御嶽《うたき》のガジュマルやアコウの木の存在感と響きあうものを感じる。

ショーン・ライアンは、天皇皇后両陛下がアイルランドを訪問された際、御前演奏を行った奏者でもある。ティン・ホイッスルとはわずか1000円ほどの錫《すず》の小さな笛だが、この小さなおもちゃのような楽器が彼の手にかかると、まるで魔法にかけられたようにその音色の虜《とりこ》にさせられる。そんな彼は、オファリー州にあったレップ城という古城をわずか600万円で購入し、少しずつ自分で修復をしながら家族とともに暮らしている。

レップ城だがお化けがでる城としていつしか知られるようになった。イギリスで出版された*Haunted Britain and Ireland*（『イギリス・アイルランド幽霊めぐり』）にもショーンの家は写真入りで2頁《ページ》にわたって紹介されている。その本によると赤いガウンを着た女性が現れ、異様な冷気を残して突如姿を消すそうだ。

家主のショーンは演奏活動で留守にしている時とフランスへワインの買出しに出かけている時以外は、アイリッシュ・シチュウの手作りランチと自らの演奏を訪問者に提供している。われわれも、ランチと演奏を堪能するのが目的でレップ城を訪れた。

松江でのコンサートのとき以来、約1年ぶりの再会だった。ジャガイモとラム肉と玉葱《たまねぎ》が溶け合ったアイルランドの魂というべきアイリッシュ・シチュウを楽しむ私たちの前で、サーブを終えたショーンと娘のキアラが、暖炉の前で演奏とダンスを披露してくれた。時がたつのを忘れて楽しんだ。

そして演奏後にショーンがこんな話を聞かせてくれた。

「娘のキアラは今、中学生になったけど、この子は小さい頃いつも暖炉のまわりで家族以外のものと会話を楽しんでいたんだ」

「家族以外の？」

「そう、もちろんそれはゴーストだよ。一人っ子のキアラはいつも暖炉のそばで老婆と遊んでいたんだ。老婆といっても上品なきちっとした身なりをしていたらしいよ。キアラが学校に行くときは彼女が門まで見送りに来て、キアラも彼女に手を振るんだ。きっとこの城の住人だったんだろう。でも、安心して！　祟《たた》りをするようなゴーストはこの家にはいないよ。むしろハッピー・ゴーストだよ。ガーディアン・エンジエル（守護天使）といってもいいかもしれないいな」

その数日後、日本へ帰国し、撮影した写真のデータを妻が自宅のパソコンに取り込んだ。もちろん、ショーンの家でもずいぶん写真を撮っていた。一枚ずつ、クリックしてみると、何枚かにどうも気になる共通点が感じられた。それは、ショーンの家の暖炉の前で撮った写真だけにみられたのだ。白っぽいぼやっとした球状のものが写っている。まあ、光線の加減でこんなオーブが写ることも珍しくないことと自分で納得するしかなかった。

数日後、パソコンを開いて、少しだけドキドキしながらその写真を開いてみる。するとどうだろう。玉が移動している。直感的に思った。でもそんな馬鹿なことはあり得ない。記憶が曖昧なだけだ。自分にそう言い聞かせた。

そして１週間後、今度はかなりドキドキしながら例の写真たちを眺める。するとどうしたことか、明らかに玉が場所を変え、サイズも大きくなっている。おまけに増殖し光度を増しているではないか。もう我慢できない。

ショーンが来日した時、妻が実際の写真を見せながらショーンに「オーブが動くのよ！」と説明した。

「そんなことはよくあるさ。ハッピー・ゴーストだよ。からかって遊んでるだけさ！心配しなくていい。俺が連れて帰るからもう動かなくなるよ」

アイルランドの田舎に暮らしていると、異界と現世は今も日ごろから交渉を続けているようだ。そんな豊かな心が羨ましいと思った。ハーンもダブリンの家で過ごした少年時代、「夜となく昼となくそれを見たという理由で、その当時、私は幽霊とお化けを信じていた」と自叙伝「私の守護天使」に回想していたことを思い出す。

ショーンの言葉通り、その後、オーブは決して動かなくなった。

ゴーストツアー

ショーンの家を出てその日のうちにダブリンに入った。

ヨーロッパ西端の大都会は、いつも活気に満ちている。でも、泥炭層の間をぬってダブリン湾に注ぐリフィー川の茶色い水のように、いつも陰を宿してしっとりとした感触があるのがこの町の魅力だ。何度来てもこの町はいい。

他の仲間は着いてさっそくリバーダンスの公演に出かけた。リバーダンスの躍動感と音楽はへこんだ気持ちを奮い立たせてくれるが、大阪とダブリンで2度見ているので、今夜は別行動にしようと思った。そして町に出てとりあえずメインストリートのオコンネル通りをぶらぶらしていると、何とお化けの絵がラッピングしてあるダブルデッカーのバスが通りかかった。よくみると「ダブリン・ゴーストバスツアー」と書かれている。「これだ」と思い、バスを追いかけていった。100メートルほど追うと、バスはゆっくりと停車した。そこは、ダブリン市交通局本社前のバス停。さては、このふざけたツアーはダブリン市がやっているのだ。興味が湧きすぐにチケットを購入したいと尋ねてみた。

「今日は悪いが満席だ。明日の朝、もう一度来てくれないか。予約はできないんだ。9時から発売開始だ。発売と同時にすぐに売り切れるからね！」

人気のあるツアーのようだ。翌朝、9時前に再訪し、無事、チケットを手に入れた。そして夜8時にゴーストバスに乗り込んだ。魔女のようないでたちのガイドがさっそくダブリンの怪談を語り始める。ほとんど俳優の域に達している。「ダブリンの取り憑かれた聖堂の謎解き」をテーマに掲げているこのツアーは、クライスト・チャーチという12世紀にできた石造りの有名な大聖堂をまず訪ねる。建立時の大司教ロー

ダブリン・ゴーストバスツアーのバス

レンス・オトゥールの心臓が小箱に収められているという話を聞きながら歩く夜の聖堂は、ツアー客のコッコッという足音が不気味さを増殖させる。続いて、真っ暗なセント・ケヴィン墓地の門の鍵を開けて中に入り、この墓地に出没する幽霊の話を聞く。バスなので少し郊外にまで足を伸ばすことも出来る。暗闇の中で実際どこを走っているのかもわからない。でもドキドキする躍動感がたまらない。闇《やみ》への畏怖の念が呼び覚まされる。

ツアーが後半にさしかかった頃、『ドラキュラ』の著者ブラム・ストーカーが執筆していたという建物の前でバスをとめ、しばし、ストーカー文学の意義について、講釈を聞く。キャーキャーと甲高い声で恐怖を楽しんでいたアメリカ人の観光客も真剣に文学の講義に耳を傾ける。10時ちょうどに、オコンネル通りのダブリン市交通局本社前に戻ってきた。これは、実に魅力的だ。参加者の遊び心と恐怖心と知的好奇心をバランスよく刺激するツアーである。そのバランス感覚が絶妙。こんな気持ちにさせるのはひとえにガイドの力量によるものであろう。そしてノーベル文学賞作家をここ100年以内に3人も輩出した文学の都ダブリンの特長を現代的感覚で巧みに生かしているようにも感じた。

翻《ひるがえ》って松江の怪談のことを考えた。築城伝説をはじめ怪談には恵まれているし、ラフカディオ・ハーンによって主な怪談は英語で世界に発信されている、つまりゴーストツアーの「ストーリー」がすでに存在しているのだ。そして、地元の郷土史家や民話学者によっても多くの怪談が文字に記録されているが、ダブリンのようなツーリズムに怪談を生かし、継承していくような資源化は全くされていないことを残念に思った。

帰国後、ただちに2006(平成18)年から松江市内の四つの観光文化施設の管理運営をはじめたNPO法人松江ツーリズム研究会と相談し、同年夏に試験的に松江市交通局からレトロ調のバスを借り上げ、自分がガイドをつとめるゴーストツアーを実施した。参加者から好評を得て、その後、恒常的な観光プランとして実施しようという意欲をかきたてられた。

ちょうどその頃、国土交通省では「ニューツーリズム創出・流通促進事業」の助成金の公募を行っていて、それに応募すると、島根県から唯一採択された。その理由は、夜のツアーと無形の地域文化を資源化する試みが斬新だと評価されたからだった。助成金を得て、ガイドの公募を行ったところ24名の応募が。その後、面接や研修を重ねて、けっきょく3名の松江ゴーストツアーのプロのガイドが誕生した。ガイドには、小泉八雲研究、郷土史研究、口承文芸研究、語りの技法、ホスピタリティー論という五つの観点から研修を受けることでモチベーションを高めてもらった。

2008（平成20）年8月、ついに「松江ゴーストツアー」がスタート。「カラコロコース」（ゴーストツアーのみ）と「へるんコース」（ゴーストツアー＋筆者の講演・宍道湖《しんじこ》七珍《しっちん》の懐石料理）の2コースを設定した。ツアーでは、ガイドの語りを聞きながら松江城内のギリギリ井戸、月照寺《げっしょうじ》、清光院《せいこういん》、大雄寺《だいおうじ》などの怪談スポットを2時間余りかけて徒歩で巡る。

2015年末までの7年余りで土曜日を中心に263回実施し、4319名の参加者がゴーストツアーを楽しんだ。当初は地元住民が多くを占め、夜のまち歩きで地域の魅力を再発見できたと喜ばれたが、ここ2年ほどは約70パーセントが県外からの観光客で、口コミによってわざわざこのツアーにあわせて旅行日程を組み立てて来られる方も多くなっている。

5年以上にわたって一度も赤字を出さずに松江ゴーストツアーが継続できたことは奇跡的といえるかもしれない。それだけ怪談の魅力は時空を超えるのだ。アイルランドの豊かな異界性と怪談を資源としてとらえる先見性に学んだことがよかったのだろう。

「豊かな遊び心」「耳で楽しむ夜の松江」「闇への畏怖の念」「地域文化（小泉八雲）の魅力を楽しみながら学ぶ」というこのツアーの四つのポリシーをこれからも継承していきたい。松江を怪談のふるさとにするためにも。

# 第5章　クレオールの霊性

ラフカディオ・ハーンは人生の中で12年間をクレオール文化の中で過ごした。具体的にはニューオーリンズとカリブ海のフランス領マルティニーク島がそれに該当する。

ニューオーリンズはもともとチョクトー・インディアンと呼ばれるネイティブ・アメリカンがおもに住むミシシッピ川とポンチャートレイン湖の間に開けた沼沢地《しょうたくち》だった。この地に18世紀初頭にフランス人が植民して都市を建設した。その後、プランテーションの労働力として流入した西アフリカやカリブ海の西インド諸島から来た奴隷たち、カナダから来たケイジャンと呼ばれるフランス系の人たち、さらに18世紀後半の一時期、この町を支配したスペイン人たちの文化が混淆し豊潤なクレオール文化が開花する。ハーンは歴史案内、諺辞典、料理のレシピ集などでクレオール文化の魅力を世界に発信した。土や岩、家の木造部分から滲《にじ》み出る猛烈な湿度を「幽霊のように謎めいていて不可解」だと感じていた。そんな湿地にできたこの町の、混淆的・享楽的・呪術的（ヴードゥー教）な雰囲気の虜《とりこ》になっていく。

マルティニークはカリブ海にある小アンティル諸島のフランス領の島（現在はフランスの海外県）で、元来アラワク族が居住する地だった。後にカリブ族が支配し、さらには17世紀前半にフランスが植民地化し、西アフリカから多くの黒人奴隷が連行される。奴隷解放後は、インドからの契約移民、中東からの移民やベトナム難民も島に渡り、混血と文化の混淆が行われた。クレオールとは元来、植民地で生まれた白人をヨーロッパ生まれの白人と区別してそう呼んだが、後に一連の混淆文化をクレオールと呼ぶようになる。ハーンは純血よりも混血は豊かさをつくると評価する新しいまなざしをもったカリブの旅人だった。

さて、1887年のマルティニーク島での話だ。

ハーンはその頃、カリブ海きっての賑やかな港町サン・ピエールに住んでいたが、腸チフスにかかり、その静養をかねて島の中では高冷地であるモルン・ルージュに移り、シリリアという地元の女性を女中に雇った。モルン・ルージュは島のシンボルでもある活火山プレー山の登山口に位置し、その名は「赤い丘」に由来する。ブーゲンビリアが咲き乱れるこの町は、サン・ピエールからはまさに赤い丘に見えたようだ。

ハーンはモルン・ルージュの第一印象を「灰色に塗った田舎家と店屋（というより屋台店）が点在している一本の道があり、正面の入口に向かって太い棕櫚《しゅろ》の木が4本植えてある質素な教会がそれを見下ろしている」（「プレー山」）と書いている。そして町の遠景を自ら撮影している。

マルティニークに出発する前に彼は106ドルの大金をはたいてニューヨークで「ディテクティブ」というフランス製のカメラを買っていた。ハーンが撮影した写真40枚ほど（一部はカメラマンが撮ったものか）が世田谷のわが家の押し入れから見つかったのは30年近く前のことだ。鳩《はと》サブレーの大きな缶におさめられていた。その中の1枚にモルン・ルージュを遠望する古ぼけたセピア色の写真があり、たしかにハーンの筆跡で“Morne Rouge”と裏面に書かれていた。40枚のうちでもっとも色褪《いろあ》せた1枚だったので逆にはっきりと記憶に残っている。1995年に私がサン・ピエールからモルン・ルージュへ向かう途中、それと同じ風景が一瞬垣間《かいま》見えた時には、あまりに写真そのままで「ぞくっ」とした。

女中のシリリアは時計を読めなかった。ハーンは、親切心からシリリアに何度か時計の読み方を教えた。だが無駄だった。むしろ、そんなことを無理に押しつけなくてもよいと考えるようになった。

なぜなら、シリリアは目覚まし時計がなくとも、必ず4時半に起きるからだ。それはこの地方で一晩中、太い声で鳴き続けるコオロギがピタッと鳴き止む時刻だった。自然に逆らわずに生きる女性だった。

彼女は妖術師、魔女、ゾンビの力でハーンに何かが起こりはしないかと、そのことを大いに心配していた。

当時、マルティニークの田舎では日が落ちるといつでもゾンビがあらわれるといわれ、都会でも、午前2時から4時の間がゾンビの活動する時間帯だと信じられていた。子どものいたずらを叱《しか》るのに「ゾンビにぱくっと呑《の》まれちゃうよ」というのは常《じょう》套的《とうてき》な脅し文句だった。一般にゾンビとは、西アフリカのフォン族の民間信仰ヴードゥーの妖怪で、語源はコンゴ語で死者の霊を意味する「ンザンビ」という言葉だといわれる。ヴードゥーはカリブ海地域ではハイチに深く根付いたが、ゾンビ信仰は当時マルティニークにも根をおろしていた。ハーンはゾンビにいちばん近い言葉は英語では“goblin”(ばけもの)だと考えたが、具体的には悪魔から暗示を受け、親しい人が悪意をもつ恐ろしいものになって人を化かすような現象だと言っている。時には動物の姿になることも。

ある朝、5時ごろにシリリアが表の戸を開けると、大きな蟹《かに》が通りを歩いているのを見つけた。おそらくどこかの家の樽《たる》の中から逃げ出してきたものだろう。マルティニークでは蟹を樽の中に飼って、玉蜀黍《とうもろこし》やマンゴーなどをやって太らせる習慣があるからだ。ところがシリリアは蟹を見ると恐怖の悲鳴をあげ、その後、何やらぶつぶつひとりごとを言っていた。その後も蟹の姿は至る所で目撃され、女たちから「可哀想《かわいそう》に！　悪魔の使い！　行け、呪われたもの！」とののしられた。その晩、シリリアはこう言った。

「あたしね、あの蟹は小さなゾンビだったと思いますよ。あいつが戻ってこないように、今夜は夜通し灯火をつけておくことにしましょうね」

以上は「わが家の女中」に書かれたハーンの体験だ。シリリアのゾンビに対する信仰は彼女の内性の一部だったとハーンは言っている。

私は父からこんな話を聞いたことがある。

シリリアは猫を何匹か飼うことにした。それはこの地方にいる猛毒をもつ大きなムカデから主人であるハーンを守るためだった。毒蛇《どくへび》も多かったが、時にムカデは蛇以上に恐れられた。猫はムカデを退治してくれるありがたい生き物だ。そこで、猫を必死で集めようとしたが、なかなか急には集まらない。しかしいつしか、15〜16匹にもなった。

私が前に仕えていた主人が本を読んでいたところ、片方の手がむずむずするような気がしたのです。よくみると10センチを超えるような大きなムカデが手を這《は》っていたのです。マルティニークではムカデに噛まれるとその猛毒でしばしば命取りになります。ご主人は、あわてて、反対側の手で遺言書を書きはじめました。しかし、ムカデは噛みつくことなく静かに移動していったのです。御主人はまさに命拾いをなさったのです。

もともと動物好きのハーンだったが、猛毒をもつ生き物から人間を救ってくれる猫に非常に敬意をもつようになった。松江時代のある日、セツは、宍道湖の湖岸でやんちゃな子どもたちが捨てられた子猫にいたずらしているのを見つけた。まさに子猫の首をつかまえ宍道湖に沈めんとする瞬間だった。セツは子どもたちを説得して家に持ち帰った。

それを知ったハーンは子猫を懐に入れて温め家で飼うことにした。その後、東京に移ってからもずっと猫を飼い続ける。

しかし、マルティニークで猫がムカデを捕る時に発する「ギャッ」という叫び声は、ハーンの耳に生涯残っていたようだ。その情景が時折思い出されるたびに、身を震わせて怖がったという。

マルティニークはハーンの人生の中でもとりわけ印象的な土地で、そこでの話を家族によく語っていた。それを祖父や父は断片的ながら書き残したり私に語ったりしてくれていた。１９９５年に成田から三十数時間をかけてはじめてマルティニークを訪れ、ハーンが撮影した40枚ほどの古い写真を複写してエメ・セゼール氏に届けた。セゼール氏は県都フォール・ド・フランス市の市長を半世紀以上つとめ、カリブ海世界を代表する詩人でカリスマとも呼ばれる。黒人性復権の運動（ネグリチュード）を発展させ、アフリカでもフランスでもなくカリブ世界の人間として混淆性に矜持《きょうじ》をもち、新しいカリブの絆《きずな》をつくろうとする思想（クレオリテ）を唱導していた。

「オー、ヤクモ、コイズミ！」

と言って興奮したように私をハグした。彼の思想とハーンの価値観は、「混淆性」

を大事にするという点で、しっかりと響きあっているのだと、その時実感した。

その後、公営駐車場が「ラフカディオ・ハーン・パーキング」と名付けられているのをみて、ハーンのこの島への思いを地元でも受け止めてもらえていることを本当に嬉しく思ったものだ。

ハーンは1889年5月8日にマルティニークからニューヨークへ戻った。日本へと旅立つ前年のことだ。そして何軒かのホテルや友人の家を渡り歩いていた。その中にシンシナティ時代の記者仲間で、当時、ニューヨークの西10番街149番地に住むジョセフ・テューニソンという人物がいた。ラテン語の才能を買っていたハーンが、来日してから「日本に来て教師にならないか、渡航費を工面してもいい」とまで言って誘った相手だ。ハーンはテューニソン宅に1889年の10月末からしばらく逗留することになった。

2002年3月にニューヨークに住む友人に案内されてこのテューニソンが住んでいた西10番街149番地のアパートを訪ねてみた。友人はマイケル・ロスというアーティストで、マイクロアートと呼ばれる虫眼鏡で楽しむようなそれはそれは小さなアートをつくる。大のハーニアン（八雲ファン）で、彼の制作した作品の多くにハーンの文学作品の名前がつけられている。

そこにスーパーの袋を下げた老婆が忽然と現れた。

「何をしているのかい？」

と私たちに囁《ささや》くような声で尋ねる。マイケルがこう答えた。

「いま、日本から来たぼくの友人とこの場所に訪ねて来たんですよ。昔、彼のひいおじいさんがこのアパートに住んでいたんです。結構有名な作家ですよ。ちなみにぼくは地元のアーティストです」

「わかったよ。やっぱりラフカディオ・ハーンのことを調べに来たのね。でも彼はニューヨークを嫌っていたはずだよ！」

そう皮肉っぽく微笑んで玄関の鍵を開け中に招き入れてくれた。しかし次の瞬間、彼女の姿はもうどこにもなかった。いくら探しても。

いまも内部には何世帯かが入居しているようだ。いかにもアンティークな手すりのついた階段を途中までのぼって、その頃のハーンの心境を想像してみた。フィラデルフィアの友人夫婦との関係悪化の悩み、心の恋人エリザベス・ビスランドの世界一周旅行への旅立ち、自分の日本行きを前にした複雑な思い。

ニューオーリンズ・クリーブランド通りのハーン旧居

ハーンの滞在した場所にはいまもハーンのゴーストが棲んでいるような、そんな一コマを垣間見た気がした。

その後、私はニューオーリンズへと旅した。そこでもいささか不思議な出会いがあった。テュレーン大学の医学部につとめていた旧知の有村《ありむら》ご夫妻と9年ぶりにお会いし、せっかくだからクレオール料理でもいただきましょうということになった。そこでご案内いただいたのは、大学とダウンタウンの間のガーデン・ディストリクトと呼ばれる住宅街にある、アッパーラインという小さなレストラン。地元ではきめ細かいサービスが評判の店らしく大いに賑わっていた。近くには「欲望という名の電車」で知られるセント・チャールズ・ストリートカーの電停もある。

ガンボ、メキシコ湾の牡蠣《かき》、ソフトシェルクラブなどクレオール料理を堪能《たんのう》してデザートが終わりかけたころ、経営者と思われるふくよかな年輩女性が私たちのテーブルに挨拶にまわって来られた。彼女は日本旅館の女将のように、すべてのテーブルをまわって客と毎夜話をするらしい。有村夫人がまさかと思って「ラフカディオ・ハーンってご存知？」と彼女に訊《たず》ねると、「おー、ラフカディオ！」と倒れんばかりに絶叫した。「この方たちご子孫よ」と紹介されると彼女は叫ぶように言った。

「ハーンの『ガンボ・ゼーブ』や『クレオール料理』（*La Cuisine Creole*）を愛読し

ているの！　だから、いつか、ラフカディオ・ハーンをテーマとした料理を出してみたいの。ギリシャやアイルランド、日本をクレオール料理で表現するのが私の夢なの。あなたたちに会えるなんて信じられないわ」

そしてすぐにシェフの息子さんを呼び寄せ、「大変だ！　ハーンの子孫が来ている」と大慌ての様子だ。有村教授が差し出したクレジットカードを差し戻して、「今日はすばらしい日になったので、私におごらせて！」とオーナーは興奮気味に言った。有村夫妻によれば、この土地に住んで35年以上になるが、ハーンのことをこんなにいとおしく言う人に出会ったのははじめてだという。

ハーンも聞き書きしたレシピ集をだすほどクレオール料理には関心があった。町を彩る、オレンジとレモン色の陽光、ジャズ胎動期のクレオール音楽、幽霊のように地面から這い上がる神秘的ともいえる異常な湿気、奴隷たちの怨念譚《おんねんたん》を伝える怪談屋敷、こういったことをひっくるめた「熱帯の入口」のクレオールな町に魅了されていたのだった。ニューオーリンズにもまだ彼の魂が生きているような気がした一瞬だった。

# 第6章　ハーンは狐？——小泉セツを育んだ松江の霊性

ハーンの妻・小泉セツは明治維新の7ヵ月前の1868（慶応《けいおう》4）年2月4日、松江城下東縁の南田町《みなみたまち》に住む小泉湊《みなと》とチエの次女として生まれた。節分生まれなので「セツ」と名づけられた。

小泉家は禄高《ろくだか》三百石の番頭をつとめる家柄だった。親戚筋にあたる稲垣家との間で、今度小泉家に生まれた子を養女にする約束を交わしていたので、セツはお七夜の晩に、城下町の西縁の内中原《うちなかはら》に住む稲垣金十郎《きんじゅうろう》、トミのもとに養女に出された。そこで、セツは「お嬢」として大切に育てられた。

セツが3歳のころ、忘れえぬ体験をする。それはトミに連れられ、親戚・友人などと西洋人の行う軍事教練を見物に行った時のことだ。当時、松江藩では幕府からフランス人の陸軍教官ワレットを招き、フランス陸軍に倣った洋式教練を藩士にしており、小泉湊はその小隊長をつとめていた。やがて軍事教練が終わり、ワレットは小さなおかっぱ頭の子どもたちがいることに気づき、近づいてきた。セツの友人たちははじめてみる西洋人に恐れをなして叫び声をあげ蜘蛛《くも》の子を散らしたように退散した。ところが、セツだけは静かに立ってワレットをみつめていた。すると、ワレットはセツを抱きかかえ、頭を撫《な》でてポケットから小さなルーペを取り出し、セツの手に握らせた。（今、このルーペは松江の小泉八雲記念館に常設展示されている。また、ワレットがフランスからもたらしたというモロッコ豆の一種で肉厚のさやをもつ豆は、今も夏場には松江市内の八百屋で「ワレット豆」として店頭に並ぶ。我が家でも時々、曾祖母に思いを馳《は》せながらいただくことがある）

セツはそれ以来、西洋人への恐怖心がなくなった。「顔は天狗のように怖いけど心はやさしい」と感じるようになっていた。

セツには、子ども時代のもうひとつ忘れがたい思い出があった。

松江市南郊の佐草町《さくさちよう》に八重垣《やえがき》神社という縁結びで名高い社がある。今では松江地方の出色の縁結びパワースポットとして人気を博し、2013（平成25）年には50万1000人が訪れている。この神社には素戔嗚尊《すさのおのみこと》と八俣大蛇《やまたのおろち》から命《みこと》によって救い出された稲田姫命《いなたひめのみこと》が祀られていて、境内の奥まった深い杜《もり》の中に、稲田姫命が姿を映したとされる鏡の池がある。セツの子ども時代にはすでに有名な恋占いが行われていた。巫女《みこ》さんから占い用紙を購入して、それに銅貨を1枚のせて池にそっと浮かべる。沈むまでの所要時間やどの方向へ沈んだかでその人の恋の行方を占うのである。

今でも鏡の池の水は透き通っていて、中には井守が棲んでいる。紙が沈むまでに井守が寄ってきて紙にふれれば、より幸運が授かるといわれる。出雲大社で60年に一度の大遷宮《だいせんぐう》が行われて、出雲への女子旅が加速した2013年などは鏡の池を二重三重に占い待ちの人垣ができたほどだった。

セツは、近所の仲良しの友達数人でこの占いをしに出かけた。当時の子どもたちの足では、片道8キロはある八重垣神社への参詣《さんけい》は、ほとんど一日がかりで遠足気分だったのではないかと想像される。一行はさっそく護符売り場で巫女さんから占い用紙をひとり1枚ずつ買い求め、ビロードのように柔らかな美しい苔《こけ》に覆われた小径《こみち》を進み、杜の中へと入り、鏡の池におそるおそる紙を浮かべた。

するとどうだろう。セツの友人たちの紙は、ほどなく真下に沈んでいった。そしてやはり、ご近所さんと結婚する運命にあることを納得しあったのだった。ところがセツの紙はどうしたわけか、なかなか沈まない。そのうちに風が出てきて水面を漂い始め、ついには池の対岸近くまで流されてしまったが、まだ沈む気配を見せなかった。友人たちははるか向こうへ行ってしまった占いの紙とセツの顔とを交互に眺めて行方を不安そうに見守った。そしてついに、銅貨の重みでできた紙のひだから水が入り始め、ゆっくりとそのまま沈んだ。思わず、仲間たちはセツの顔を呆然《ぼうぜん》と眺めてこう言った。

「おセさんはきっと遠くへお嫁さんに行くんだ。もしかして異国の人と結ばれるかも？」

比較的気丈で冷静な性格のセツは慌てることなくその言葉を受け入れた。

結局、それから15年ほどたった1891（明治24）年の冬のこと、セツは島根県尋常中学校の英語教師として松江にきていたラフカディオ・ハーンとめぐり会った。寒さで体調を崩してしまったハーンの看病をするようにと、友人でハーンが当初逗留していた富田《とみた》旅館の女中のお信《のぶ》と中学校教頭の西田千太郎《にしだせんたろう》に紹介されてのことだった。ふたりはしだいに惹《ひ》かれあい、いつしか生活をともにするようになり、1896（明治29）年2月に日本で191番目の国際結婚にたどりついた。鏡の池に一緒に行った友人たちは、ごく近くに縁づいて松江人として幸せな日々を送ったらしい。

ハーンとセツはどのように異文化の壁を乗り越えたのか。まず、ハーンが東洋への偏見をもたずオープンマインドだったことだ。英語直訳式の片言の日本語を覚え、セツもそれに合わせて会話するようになった。小泉家ではこれを「ヘルン言葉」と呼んでいる。「パパサマ　あなた、親切、ママに。何ぼ喜ぶ、言う、難しい」といった調子だ。晩年には「ヘルン言葉」を使って複雑な法律問題なども互いに理解しあうまでになった。ハーンは食生活をのぞいてはほぼ日本の習慣を受け入れた。神棚と仏壇のある家に住み、畳の上で和服を着て生活することを心地よく幸せだと感じた。セツも夫の求めに応じて松江の民俗《フォークロア》として語り継いだ怪談を語り、ハーンに喜びを与えることができた。離婚歴のある者同士、安心感もあっただろう。そして、ハーンは心から信頼できる妻を得たことを喜び、自分の父のように家族に寂しい思いをさせてはいけない、という強い信念で家族に接した。

フランス人ワレットとの邂逅や鏡の池での出来事は、結婚の伏線として人を超えた力がセツを導いたように思われる。

だが当時は「国際結婚」などというステイタスのある言葉ではなく「雑婚」と呼ばれ、社会的には明らかにマイナスの評価だった。当時、松江の民衆の間ではハーンが住む北堀町《きたほりちょう》には「鬼が棲むから近づくな」と囁かれていたといい、私自身もハーンとセツが新婚旅行で宿泊した鳥取県琴浦町八橋《ことうらちょうやばせ》の中井《なかい》旅館で、「昔、ヘルンという紅毛が来て海岸で血を飲んでいた」という話が伝わっていることを20年以上前に聞いた。隠岐《おき》の島町《しまちょう》の都万《つま》でも同じ話を聞いた。ハーンが吸血鬼だったとは思えないので、おそらく旅館の食事があわず、赤ワインを飲んでいたと考えられる。また、ハーン自身も、友人に宛てた手紙の中で、逢束《おうつか》というところで盆踊りを見ていると砂を投げかけられ、すぐさま退散したことを語っている。山陰では当時、西洋人のことを「紅毛」と一般に呼び、向こう側の世界、異界に属する「異人」と映ったことが想像される。もちろんハーンも例外ではなかった。「鬼」という言葉がまさにそれを象徴している。セツと二人の間では概して幸せな日々を送ったが、社会の目にはまだそういった感覚でとらえられる時代だった。

　念のために書き添えると、八橋や逢束を含む琴浦町は、現在では、ラフカディオ・ハーンを地域資源ととらえ、来町記念碑の建立、ハーンが滞在した旧中井旅館でのハーン顕彰のイベントなど、琴浦町観光協会や琴ノ浦まちおこしの会の方たちが熱心に活動されている。私も「ヘルン探求」という大学の授業の一環で同地を毎年訪れて、親しく交流している。逢束の方たちに至っては、１２０年以上前にハーンに対してとった粗暴な行為をあらためてお詫《わ》びしたいとまで言われるくらいだ。そんなナイーブな精神風土がハーンを山陰の虜にしてしまったことも紛れもない事実である。

家庭では概して幸せな日々だったと言ったが、それはハーンとセツが、夫と妻という立場だけではなく、「語り部」と「再話者」という立場での支えあう関係が築かれていたからだと思う。セツがハーンに「鳥取の布団」という怪談を語った時のことだ。「あなたは、私の手伝い出来る人です」と大いに喜んだ。


「兄さん寒かろう？」「お前も寒かろう？」

鳥取にあった小さな宿屋で旅人が床に就いてしばらくすると、こんな哀れっぽい会話で目が覚めた。子どもが客の部屋に真夜中に入ってくるとは何とめいわくな話だと腹がたった。ところが、行灯《あんどん》を灯《とも》してあたりを見回しても人影はない。再び床に就くとまもなく、今度は枕元から声が聞こえてきた。

「兄さん寒かろう？」「お前も寒かろう？」

夜の寒さとは別の寒さを感じた旅人は、宿の主人を起こして事の次第を話し、真夜中の町に別の宿をもとめて飛び出していった。

翌晩、この部屋に泊まった別の客にも同じことが起こった。客は事の次第を宿の主人に話したが、主人は俺の店を潰そうという魂胆なのだと邪推して、客と喧嘩別れとなった。客が出て行ったあと、主人は2階の部屋の布団を調べてみると、客の言う通りのことが起こった。

主人は布団を買い受けた先をいろいろ調べてみると、両親を亡くしたふたりの小さな兄弟が使っていた布団だとわかった。ふたりは家財道具を次々と売って生きていたが、ついに1枚の布団より他に売るものがなくなった。家主は無慈悲にも兄弟を追い出し、その布団を奪い取ってしまった。ふたりは降りしきる雪の中、家の陰に身を寄せ、しっかりと抱き合いながら眠った。夜の間に天から贈られた真っ白な新しい布団が彼らに被せられた。もう寒いとは感じなかった。やがて誰かがふたりのことを見つけ出し、千手観音のお堂の墓地の中へ、眠る場所をこしらえてくれた。

それ以来、ハーンはセツに語り部、作家活動のアシスタントとしての役割を期待するようになった。東京時代のセツは出入りの行商人から奇談を集めたり、古本屋をめぐってハーンが好みそうな怪談本を購入するなど資料集めにかなりの時間を割くようになった。そして夜になるとランプの芯を下げ、ハーンにせがまれるままに怪談を語るのだった。面白い話と感じると、ハーンは急に顔色を変え、恐ろしく鋭いまなざし

東京で生活していた頃のセツ

になった。ある時期、セツは日々の怪談の語りで怖い夢にうなされる日が続くようになる。さすがに「それでは当分休みましょう」ということになった。そんなことを繰り返しながら、ハーンの臨終までセツは妻として語り部として傍《かたわ》らに寄り添った。思えばハーンは来日前にも、ギリシャの母ローザ、アイルランドのキャサリン、シンシナティのマティ・フォリー、マルティニークのシリリアなど、常に語り部がそばにいる生活を願い、また実践《じっせん》してきた人だった。

そもそもセツはお話が大好きな少女で、大人をつかまえては「お話してごしない(お話してちょうだい)」と催促するのが常だった。二十歳を過ぎてもその性向が続いた。資質に加え、養母・稲垣トミが狐《きつね》に化かされた話など多くの不思議な話をセツに語ったこともその要因だろう。セツは読書好き、勉強好きでもあった。しかし、稲垣家は家禄奉還後に事業を立ち上げるが、詐欺にあって屋敷までも手放した。内中原小学校の下等教科を卒業しただけで家の手助けをして機織の仕事をしなければならないことがわかった時、一晩中泣き明かしたという。ちなみにセツが4年間を学んだ内中原小学校へは、現在、私の妻が毎週英語の指導に出かけ、私も年1回は小泉八雲の人生を語りに行く。

ハーンは、晩年に『怪談』を再話するような時にも、セツに「本をみるいけません。あなたの言葉。あなたの考え」と言って、口承の躍動感を大切にした。セツ自身が語った松江の民俗《フオークロア》としての怪異譚はもちろん、文献に残された日本の古い超自然の物語からの再話作品も、セツという生身の語り部を得て、はじめて出来上がったものだった。

セツがハーンに語った話は膨大なものだが、その中には作品に反映されなかった世間話のようなものもある。ちなみに世間話とは、テレビのワイドショーで扱われるゴシップ談という意味ではなく、話者の身近なところで実際にあった出来事として、時には自らの体験談として語られる口承文芸のことだ。当時の人たちは「あったること」としてこの類《たぐい》の話はごく自然に受け入れることができたのだと思う。

セツの実母・小泉チエがセツに語った話を最初にご紹介したい。

チエは松江藩の家老であった塩見《しおみ》家から嫁ぎ、小柄ではあるが御家中一の器量よしと噂《うわさ》される気丈な女性だった。今、松江市が武家屋敷として公開している家にも一時期、チエの先祖にあたる塩見小兵衛《こへえ》が住んでいた。そして一説には、小兵衛が急な栄進を遂げたことから、いつしかこの堀沿いの道が「塩見縄手」と呼ばれるようになったという。

ある雨の日、チエは松江の塩見縄手を番傘をさして北へ向かって歩いていた。

さて、チエの前に長いしっぽをもつ生き物が突然、飛び出してきた。一瞬犬だと思ったが、よく尾を見ると、それは狐だった。

「最近、あまりみかけないのに、今日はどうしたことだろうか。昼日中《ひるひなか》に狐に出会うとは珍しいことだ」

そう思いながら、歩みを進めると今度は犬がものすごい勢いで「ワンワン」と吠えながら狐を追いかけてゆくではないか。今にも狐に飛びかからん勢いだった。

そこでチエは狐を気の毒に思い、もっていた番傘をたたみ、犬の足をめがけて傘を振り払い、

「この無礼者！　狐を追うでない！」

と犬を一喝した。すると犬は一目散《いちもくさん》に退散していった。

ほどなくチエは家にたどりついた。

それから数日後のある日のことだった。女中が、「奥様、テイ坊とおっしゃる方が玄関におみえです」と少し怪訝《けげん》そうな声で知らせに来た。

「こちらへお通ししなさい」

そう言ってチエは座敷で客人を待った。

女中に案内されてそろそろと現れた客人は、確かに尼僧らしく、全身紺色の衣を身にまとい、頭までも同じ色の頭巾《ずきん》を被っていた。

「私は、テイ坊と申す者。奥方様には、先日、私の命をお助けいただき御礼の申し上げようもございません。こうして生き延びておりますのも、貴方様のご親切があったればこそ。今日はその御礼に参りました」

そういって尼僧は紫の風呂敷包みをチエのほうへ差し出した。

「これは、ほんの心ばかりの御礼の品でございます。どうかお納めいただきますように」

そう言うと、そろそろと玄関の方へ立ち去っていった。

風呂敷包みの中を開いてみると、一枚の小判が金色に輝き、その下には何枚かの木の葉が敷いてあったということだ。

この話は、すでに祖父・一雄が『父小泉八雲』の中で紹介しているが、あえて父から口頭で聞いたままを記憶をたどって再現してみた。

チエはこんな話もセツに語っている。

子どもの頃、母に連れられて城下のある商店に用足しにでかけたが、日暮れの早い季節とあって、帰路の途中ですっかり夜の帳《とばり》がおりてしまった。どうしたわけか足取りが重く、何か歩きながらよからぬ予感がしていたという。それでも母の袖《そで》にしがみつくようにしてようやく家にたどり着いた。

さて、門を入ると茂みの中から真っ黒い大きな影が飛び出してきた。

「ギャアッ！」

思わず叫び声をあげて、母にしがみついた。すると母はこう言ってチエを窘《たしな》めた。

「それでもあなたは侍の娘ですか？　腰に差しているものを忘れたのですか」

チエは気を取り直して、刀の柄に泣く泣く手をかけた。

すると大きな黒い影はすっと消えてしまった。

前述したようにセツを育んだ養母・稲垣トミも話し好きの女性だった。トミもまた出雲大社の上官であった高浜《たかはま》家の養女として育てられ、稲垣金十郎に嫁いだ。とても器用な女性で、後年、東京の家でハーンの好物のステーキを見よう見真似で調理し、ハーンを大いに喜ばせただけでなく、ハーンの親友で長男・一雄の後見人でもあった横浜グランドホテルの社長ミッチェル・マクドナルドに、うちのシェフが焼いたものよりおいしいと言わしめるほどだった。ハーンもトミには感謝のキスを忘れなかった。

以下はセツにせがまれたトミが語った話だ。

ある夜、稲垣金十郎が宴に招かれた帰り道、ほろ酔い気分で家へ向かっているときのことだった。四十間堀に向かって西へと歩みを進めていると橋の上に見たこともない麗しい女性が佇んでいるではないか。こちらも酔っていたので、思わず見とれてしまった。

さて、金十郎がその女に近づいてみると何としっぽがあるではないか。

「さては、狐の野郎だな！　おーい、今度はもっとうまく化けろよな！」

そういって、橋を通り過ぎ、無事家まで帰ってきた。ところが、何か物足りない気がする。堀沿いの道を歩いているときには、確かに右手に鮨《すし》の折をぶら下げていたはずだった。

「しまった。やつめ！　やられたか」

数日後の夕方、再び金十郎は所用で町に出かけた帰り、四十間堀沿いの道に差しかかった。今度は慎重に周囲に何かいないか、気配がないか確かめながら歩みを進めた。例のところまできた。あらためて見渡したが、そこにはまったく人影はなかった。

「狐の野郎、今日はいないな！　もし出てきたら、ひどい目に遭わせてやる！」

そして橋を通り過ぎようとしたまさにその時だった。背後からこんな声が聞こえてきた。

「金さん、この前は面白かったな」

かつてテレビ金沢の番組の取材で、作家の五木寛之《いつきひろゆき》さんと松江城の堀を巡る船上で対談する機会があった。これは数年に一度の特別番組で金沢と共通点のある町を五木さんが旅し、地域の人たちと交わりながら印象を語るという内容の番組だ。こんなことをおっしゃっていたのがとても印象的だ。

「日本の県庁の所在地で、こんなに自然がまちなかに豊かにある場所を私は知らない。堀川のまわりも自然護岸だ。作家が自然を書かなくなって長いな！　でもこの町に暮らしたら書きたくなるさ。小泉八雲の気持ちがよくわかる」

松江に住んで当時すでに20年を経過していたが、五木さんの言葉で「自然を書きたくなる町」松江のありがたさを教えられた。

セツを育んだ明治の松江は、こんな自然と人間が豊かに交渉できる空間だった。松江城の城山《じょうざん》の杜《もり》には、今も多くの生き物が棲んでいる。時折、夜の帳がおりると動物たちは小泉八雲記念館や旧居のある塩見縄手にも姿を現す。そんな動物たちと遭遇するのは小泉八雲記念館の年に一度の大掃除を終えた時だ。夜10時過ぎに自転車で自宅へ向かう時、たいてい狸《たぬき》の親子に出くわす。自転車のライトに四つの目がキラッと光るのだ。猫かなと思って近づいていくと、大きなしっぽがあるので、すぐに狸だとわかる。

ハーンの旧居にも多くの動物たちが現れる。狸、イタチ、猫のほか、時には北山から猿が来て、ハーンが愛した南庭にあるサルスベリの木に塀から巧みに飛び移った皮肉な一コマを目撃したこともある。「サルスベラズ」であった。つい先日も、夜中にイタチらしきものが旧居内に入り、警備会社の非常ベルが鳴った。北側の池にはメダカやアメンボが泳ぎ、ウシガエル、ニホンアカガエル、シュレーゲルアオガエルが自慢の喉を鳴らす。西側の大きな椎《しい》の木のうろの中にはシバヘビが棲み、時々池まで来て彼らを狙う。ヤマガラ、メジロ、シジュウカラ、山鳩もハーンの時代と変わらぬ訪問者たちだ。ハーンもセツもたくさんの生き物と植物に囲まれて5ヵ月余りをこの借家で暮らした。

セツは晩年、こんな不思議な思いを自分の夫に抱いていた。

そのことは、夫本人に言うことが憚《はばか》られるばかりでなく、ハーン以上に冷静な長男・一雄に話すことさえ躊躇《ちゅうちょ》した。一雄は1924（大正13）年に輿水喜久恵《こしみずきくえ》と結婚するが、ついに胸の奥に閊《つか》えていたことを嫁の喜久恵に漏らしたのだった。

「喜久恵さん、私はかねがね不思議に思っていたことがあるんだよ。亡くなったパパさまが入浴をしに脱衣場へ向かわれるときの歩き方だよ。ほら、障子越しにみていると、黒い影のように見えるじゃないか。だからよけいそう感じるのかもしれないがねえ。

あれは、人間ではなかったよ。狐の歩き方だったよ。決して人間の歩き方ではなかったよ」

父はこのことを晩年の喜久恵から聞かされて、実に面白かったと言っていた。

「自分の夫の正体は狐？」

まさか、そんなことをまじめに本人に訊けるわけはない。でも仮にハーンがそんな質問を妻から受けたら、微笑んだに違いないだろう。その光景は容易に想像できる。

セツは子どもの頃、稲垣家の裏庭で栗を拾っていた時、狐が一匹、傍らに現れて驚かされたことがあった。ハーンが脱衣場に行く姿を見て、ふとその時のことを思い出したかもしれない。

セツは気丈で、ハーンよりはるかに現実的な考え方をする女性だった。物質文明に支配された大都市・東京を地獄と思ったハーンだったが、セツは東京に自分の家が欲しいと思い、その夢を現実のものとした。ハーンの没後も東京に残り、芝居や歌舞伎見物、謡《うたい》や鼓《つづみ》の稽古《けいこ》に熱中し、心の病におかされた末っ子・寿々子《すずこ》の世話をしながら、家計を切り盛りし、1932（昭和7）年までしっかりと生きた。

しかし、自然との交渉が日常的に行われた明治の松江で、日々「あったること」として狐に化かされた話を聞かされて育ったセツ。九分九厘あり得ないことと思いつつも、あんなにも自分にやさしかった西洋人の夫は狐が化けた異界の存在《もの》だったのではなかったか、そういう疑念を捨て切れなかった。ばかばかしい身内話だが、そんなナイーブな精神性をセツが持ち続けたことに、私はむしろ誇りを感じる。

しかしセツは学歴がないことに常にコンプレックスを感じていた。

「女子大学でも卒業した学問のある女だったら、もっともっとお役に立つでしょうに……」

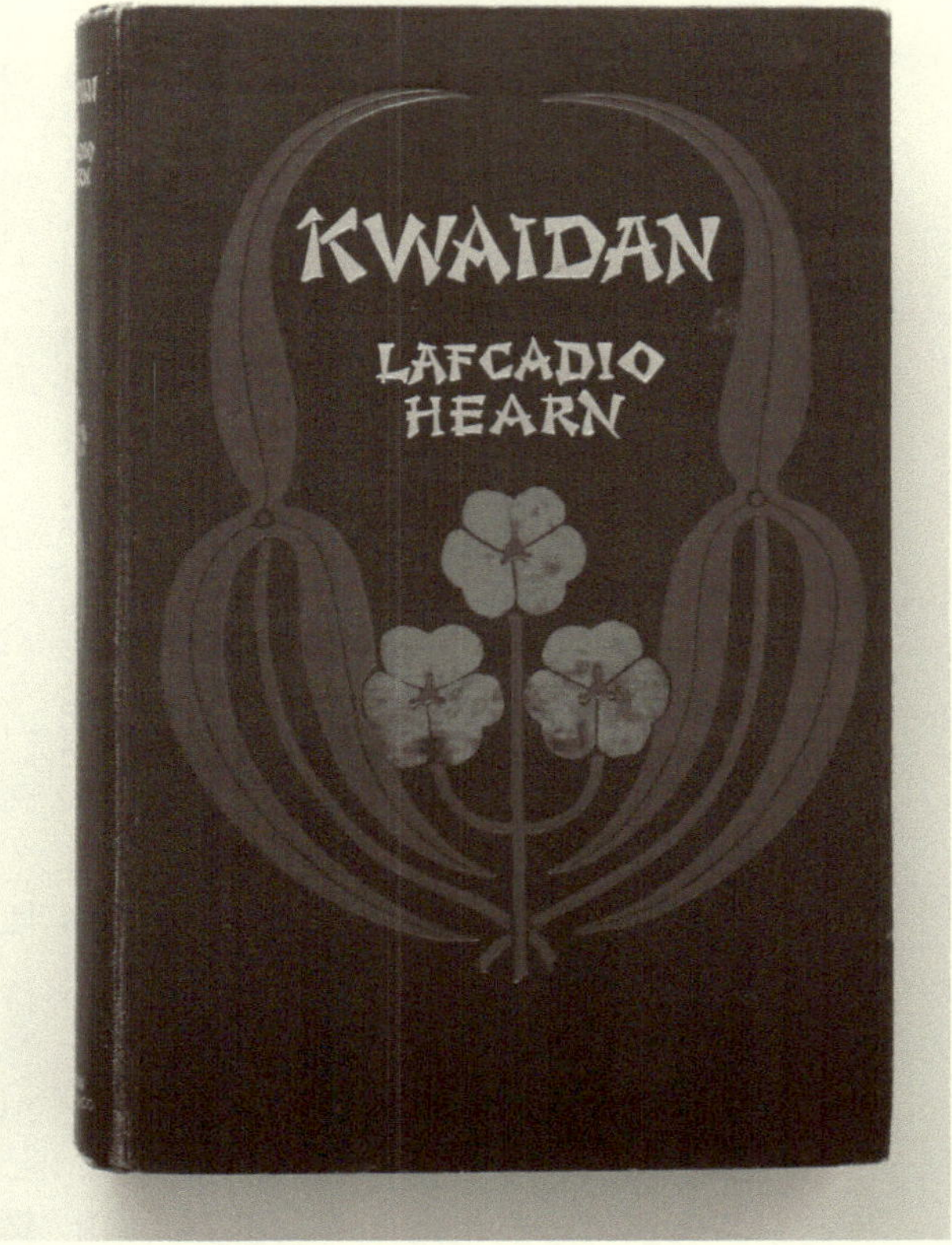


『KWAIDAN』初版本表紙

よく夫にそう呟いた。

するとハーンはセツの手をとって自分の著書が並んでいる書棚の前に連れて行き、こう言った。

「誰のお陰で生まれましたの本ですか？　学問のある女ならば幽霊の話、お化けの話、前世の話、皆馬鹿らしいものといって嘲笑《わら》うでしょう」

ハーンは語り部としての魅力と素養をセツに見出していた。そんな生い立ちだったからこそ、名作として世界中の言語に翻訳された『怪談』の話者としての役割を果たせたのだろう。

# 第7章　怪談のまち松江

さきに紹介した松江ゴーストツアーでは夜の松江を語り部の話に耳傾けながら、2時間あまりかけて歩く。松江城内のギリギリ井戸、城山《じょうざん》稲荷《いなり》神社、城下の西隅にある藩主・松平《まつだいら》家の菩提寺《ぼだいじ》・月照寺、その南にある清光院、そして最後に立ち寄る場所が大雄寺で、これはこのツアーのクライマックスを迎える場所でもある。

当初、私自身も松江ゴーストツアーのガイドをつとめながら、何度か夜の松江城下を歩いたが、怪談には生まれやすい場所というのがあるのだなとつくづく感じた。つまり、松江城下とその外側が接する周縁部に怪談が集中しているのだ。それは、城下の人たちが、外堀の外側の地域に対し、生活圏の外側、つまり異界としてのイメージを抱いていたからに他ならないだろう。

城の北東、鬼門の方角には普門院《ふもんいん》という天台宗《てんだいしゅう》の寺がある。その近くの橋では、杜若《かきつばた》の謡を歌ってはいけないと言われてきた。ひとりの肝の太い侍がある夜、この橋の上に来てあえて大声で「杜若」を歌ってみた。しかし、何も怪しいものは現れなかった。ところが自分の家の前まで帰り着くと、そこに美しい女が立っていて手に持った文箱《ふばこ》を侍に差し出した。「わたしはほんの使いの者。奥方様からこの品をあなた様へ」と言ったかと思うとぱっと姿を消した。箱の中にはわが子の血だらけの生首が入っていた。そして家に入ってみると、床の間に頭をもぎとられたわが子の死骸《しがい》をみつけたのだった。

一般に橋姫《はしひめ》伝説と呼ばれる怪談だ。橋が異界との接点となる重要な境界だったことを伝えている。そして、この普門院とは対角線上にある、城下の南西の隅には月照寺、清光院、大雄寺などがあるが、いずれもゴーストツアーにふさわしい怪談スポットだ。

月照寺には、松江に茶と菓子の文化を広めた7代藩主不昧公《ふまいこう》が父・宗衍《むねのぶ》の徳をたたえて建立した、巨大な亀型の寿像碑《じゅぞうひ》（亀趺《きふ》）がある。これが境内の蓮池に飛び込んだのち、市中を暴れまわり、ときに人の生き血を吸った。化け亀の勝手なふるまいにその首を切り落とさなければならなくなった。実際、亀の首には切り落とされた時の裂け目が残っている。ハーンはただ地震でひびが入ったようにしかみえないと書いているが。

この都市伝説は二宮金次郎《にのみやきんじろう》の銅像が校庭を走り回るというかの有名な学校の怪談にも通ずる心意がある。動くはずのない人工物が動くという恐怖の想像力だ。化け亀の話はハーンも再話しているので、すでに明治20年代には伝承されていた話だ。その意味で、怪談という切り口でみると松江は農村ではなく都市的要素が強かったことがわかる。これに似た話は、城の北西の方角にある春日《かすが》神社にも伝わる。春日神社には、かつて雌雄つがいの立派なブロンズの鹿が置かれていた。これが夜になると騒ぎ出して困るので、鹿の頭を切らなければならなくなった。しかし太平洋戦争で鹿のブロンズ像は供出されてしまい今は見ることはできない。しかし、かつて春日神社で、宮司さんのお母さんからこんな話を聞いたことは忘れられない。

「ずいぶん前のことですが、朝起きて境内を歩いていると、真っ白な鹿がいたんですよ。さすがにびっくりしました。きっと神様のお使いですね」

月照寺の南にある清光院には芸者松風《まつかぜ》の幽霊譚が伝えられ、普門院の橋姫伝説とともに松江城下の東西を代表する怪談として知られる。

神戸屋《こうべや》という遊郭《ゆうかく》に松風という芸者がいた。ある若侍がその美貌《びぼう》にほれ込み足しげく通ったが、どういうわけか松風は侍を毛嫌いした。あるとき、松風は神戸屋の使いで旦那寺の清光院に向かっていたが、たまたま例の侍に途中で出くわしてしまった。いやがる松風をむりやり屋敷に連れ込み、わが妻になれと口説いた。これをはねつけた松風に腹を立てた侍はけだもののようにもてあそび、可愛さあまって憎さ百倍、ついに抵抗する松風を刺してしまった。松風は亡霊となって清光院の住職のもとに現れ、すさまじい怨念をたたえた形相で事の次第を訴えた。住職は回向《えこう》を約束した。このことがあってから清光院には不思議なことが起こるようになる。位牌堂の階段に血のついた足跡が現れ、拭《ふ》いても削っても消えない。若僧が深夜に本堂で修行をしていると松風の亡霊が現れるのであった。

なお、この怪談は他にもいくつかのヴァリエーションをもって伝えられている。

さらに城下の南東の隅にある松江大橋には、人柱伝説が語り継がれている。松江の町は宍道湖と中海《なかうみ》という二つの潟《かた》を結ぶ運河のような大橋川《おおはしがわ》で南北に分断されている。

江戸時代は慶長年間、北の末次《すえつぐ》と南の白潟《しらかた》を結ぶ本格的な橋が架けられることになった。橋大工が多くの巨石を投げ込んだが徒労に終わった。それを繰り返して橋は何とか架かったが、すぐに柱が沈みだした。これは水神が人柱をもとめているからだということになり、まちのついていない袴《はかま》をはいた人間を人柱にすることが秘《ひそ》かに取り決められた。それから何日かして雑賀町《さいかまち》に住む足軽・源助《げんすけ》が、まちのない袴をはいて新しい橋を渡った。雑賀町の人身御供《ひとみごくう》に上がった。このことがあってから、橋はびくともしなくなった。しかし月のない晩の丑三《うしみ》つ時など、源助柱のあたりには赤い鬼火が飛ぶのだった。

現在の松江大橋は17代目で1937（昭和12）年に完成している。

F氏は土木技師としてこの橋の建設に当初から関わってきた。橋の建設中だった1

936（昭和11）年9月12日、F氏に鋼鉄製の容器があたり死亡する事故が起きている。それはまさに源助が人柱として埋められたとされる橋脚のすぐ側での出来事だった。

その後、F氏の業績を刻んだ銅板が事故現場に埋められ、橋の南詰には源助の供養碑とならんで殉難記念碑も建立された。「昭和の源助」物語として語り継がれている。松江城は1607（慶長12）年に堀尾《ほりお》吉晴《よしはる》によって標高30メートルの亀田山《かめだやま》で築城が開始され、足かけ5年をかけて完成した。ここには、築城に関する人柱伝説も残っている。

石垣工事が難航を極めていた時のこと、一人の少女が神への人身御供となり城壁の下に生き埋めにされた。美しい娘でたいそう踊りが好きだった。城が落成してから、松江城下では女の子は盆踊りを踊ってはならないという禁令を出すことになった。盆踊りに少女が踊ると、大きな城が本丸のてっぺんまで揺れ動くからであった。

そういえば、今も松江の中心部では不思議と盆踊りが行われていない。中世以前の松江は白潟、末次の漁師を中心とする小さな村だった。したがって、城下町の怪談は近世以降に誕生し、語り継がれてきたものである。概して城下町内部の怪談は、侍や芸者などが出てきてそれらしさを感じさせる。
しかしその外側に出ると、ハーンも伝えた、西川津《にしかわつ》に伝わるカワコ（河童）の話などのように、農民によって支えられてきた伝統的な妖怪譚がみられる。その川津地区は松江城下の北東の郊外に位置する。

昔、川津に棲む河童が村の人畜をあまた食い殺していた。ある時、河童が水を飲みに川に下りてきた馬をつかまえようとし、はずみで馬の腹帯に頭を突っ込んでしまった。河童は畑の中へ引きずられていき、人間に見つかって縛りあげられた。河童はしきりに地べたに頭をつけてあやまった。馬の持ち主が村の庄屋だったので、証文を取った方がよかろうということになり、手判を押させて河童を逃がしてやった。以後、人畜は河童に襲われることがなくなり、川で溺れそうになった時は「雲州川津」と言えば助けられると伝わっている。

いわゆる河童の詫び証文の話だ。河童の馬好きの理由について、古くは、馬は水神への供犠に使われた動物だったからで、この信仰はユーラシア大陸へと連なっている。ハーンのふるさとギリシャでは、海と水を司《つかさど》る神ポセイドンは馬の神でもある。ハーンは河童について、水の底から手をのばして人間を引きずり込んで腸《はらわた》を食ってしまう恐ろしい妖怪で海や川で泳ぐものを恐がらせるとも言っている。松江の都市部の怪談だけでなく、農村部の怪談にもしっかりと目を向けていたようだ。

一方、松江城から南へ3キロ余り行った西津田《にしつだ》地区には檜山《ひのきやま》があり、現代の怪異スポットになっていることを思うと、そこは市内からみた異界のイメージとも重なっていることがわかる。檜山には緑山《りよくざん》公園がある。かつての陸軍墓地の跡地でその時代の灯籠がまだ残っている。また、同所には、後に帝国陸軍第63歩兵連隊、通称「六三《ろくさん》連隊」の慰霊塔や聯隊歌碑《れんたいかひ》も建てられている。六三連隊は1908（明治41）年から松江に拠点が置かれた連隊で、太平洋戦争中、アメリカから最新兵器を提供された国民党と共産党の国共合作の地でほぼ全滅した。緑山公園の名は、六三連隊に因んでつけられたという。

この檜山付近には、現在、私立の中高一貫校と公立の中学校があるが、とくに運動部の生徒の多くが檜山の中を走っていて、軍服姿の兵士を目撃している。またそこで撮った写真には知らない人物がよく写るという。高校からは、撞《つ》くはずのない鐘の音も時に聞こえてくる。以下は高校生から聞いた話。

緑山から近くの中学校へ向かう方面に、昼夜問わず薄暗い道がある。その道を通過すると近道ができるということで、多くの高校生がその道を通学路に使っている。あるとき、その木々に囲まれた道で、青白く光る人間のような影が林の中に入っていくのを一人の生徒が見かけた。確かに人間の頭の形が見えたという。それより数年前、緑山で遺体が発見された事件があったが、その亡霊に違いないと噂されるようになった。

緑山には謎の鳥が出現する。雉《きじ》のような、孔雀《くじやく》のような尾の長い、極彩色をした鳥だ。足が速く、目撃した人はそう多くない。この鳥は正直な人にしか見えないと噂されている。近くの高校の野球部の前監督がその鳥を目撃した後、野球部はセンバツを勝ち抜いた。だからその鳥を目撃するのは吉兆であるとも言われる。偶然、その鳥を写真におさめることができた教師がいて、それを専門家に尋ねてみると、中国に生息する「キンケイ」だということだった。なぜ、この鳥が緑山だけで目撃されるのかはいまだに謎である。

イーフー・トゥアンというアメリカの人文地理学者が、妖怪を生み出す素地は人間の恐怖の想像力とアニミズム（精霊信仰）にあると言っているが、それは怪談を生み出す源にもなっているような気がする。怪談には、生活圏の外側は魑魅魍魎《ちみもうりょう》が棲む異界の地だという畏怖を感じた人々の記憶の名残があるような気がしてならない。だから松江の城下の周縁部分には怪談が多いのだろう。東京でも新宿の淀橋《よどばし》、板橋《いたばし》の縁切り榎《えのき》などにも同じことを感じる。

新宿区と中野区の境の神田川《かんだがわ》にかかる青梅《おうめ》街道の淀橋には中野長者の伝説がある。ちなみにこのあたりは、ハーンの散歩コースでもあった。

室町時代のはじめ頃、中野長者と言われた鈴木九郎《すずきくろう》が、自分の財産を隠すために下男を連れて地中に埋めたが、その帰路、淀橋で下男を殺し神田川へ投げ込んだ。殺された下男は10人にも及び、決まって下男の姿が見えなくなるので、この橋は別名「姿見ずの橋」と言われたという。長者の娘が婚礼をあげる夜、一群の黒雲が湧きだし、大雷雨となり、長者の娘は蛇に化身して踊りだし水の中へ飛び込んでしまったという祟り話が伝えられる。以来、新婦はこの橋を渡ることを忌むようになった。

（『新宿と伝説』）

中山道《なかせんどう》の江戸への入口、板橋宿にある榎は、下板橋岩之坂《いわのさか》にあり、縁切りの神として祀られ、嫁入り行列はこの場所を通らない。第14代将軍に降嫁した和宮《かずのみや》は、榎を菰《こも》で包み、板橋は避けて根村道《ねむらみち》にかえたといわれる。（『東京府北豊島郡誌』）

言うまでもなく新宿も板橋も江戸の出入り口であった。

さて、大雄寺の怪談に戻りたいと思う。この寺の前の通りは今も土手と呼ばれ、もともと埋め立てる前の宍道湖の水際近くだったことを物語っている。大雄寺は城下の南西の隅にあるだけでなく、水と陸の境に位置していた。そんな周縁部の中原地区には古くから有名な怪談が伝えられている。古くと言っても、この寺は1609（慶長14）年に広瀬《ひろせ》（安来市《やすきし》）から城下町建設の際に移されたので、やはり近世以降の話だと思われる。妻・セツの養家である稲垣家はこの寺の近くにあったので、この話に馴染んでいたセツがハーンに語り聞かせたのだろう。ハーンは松江で聞いた数々の怪談のなかでも出色のものと感じたのではないだろうか。松江ゴーストツアーのトリで観光客に話すのもこの怪談だ。私が同行してこの話を語ったある夜のこと、いつものように語り始めた。

中原町に飴屋があり、そこでは母乳に恵まれない人たちにあげる、麦芽でつくった琥珀色《こはくいろ》の糖みつである水飴を売っていました。毎晩遅い時間に、顔の青白い白ずくめの女がやって来て、水飴を一厘分だけ買うのでした。飴屋は女があまりに痩《や》せて青白かったので不思議に思い、何度もやさしく尋ねてみましたが何も答えませんでした。ついにある晩、飴屋は好奇心から女のあとをつけて行きました。すると女は大雄寺の墓地に入って行くので思わず怖くなって引き返してしまいました。

次の晩、ふたたび女がやって来ましたが、水飴を買わずただ一緒に来るようにと飴屋に手招きをしました。飴屋は友だちと一緒にあとをつけて墓地に入って行くと、女はある墓へと歩んで行き、そこで姿が見えなくなったのです。すると地面の下から赤子の泣き声が聞こえてきたのです。

そこまで語った時、突然、近くのマンションのベランダから赤ちゃんの大きな泣き声が聞こえてきた。それに気づいた何人かの参加者は思わずどよめいた。こんなタイミングってあるのだろうか。思い直して語りを続ける。

墓を開けてみると、毎晩水飴を買いに来ていた女の死体とともに、提灯の灯りを見て笑う赤ん坊がいたのです。そして傍らには水飴を入れていた小さな茶碗がありました。母親の埋葬が早すぎたため、墓の中で子供が生まれ、母の亡霊がこうして子供を養っていたのです。——母の愛は死よりも強いのです。

大雄寺のご住職に訊いてみると、赤ちゃんが生まれた墓というのもおよそ特定することができるという。偶然にも住職は若い頃、小泉八雲記念館に勤務していて30年来の付き合いがある。飴屋は、現在の老舗《しにせ》菓子店、桂月堂《けいげつどう》の源流だともいわれる。かつてハーンの記念祭の年に「女ゆうれいの子守饅頭」を限定販売した老舗だ。何やら「子育て幽霊」とのご縁も現在までつながっているような気がする。

ハーンがこの怪談に魅《ひ》かれたのは、その再話の仕方からもわかる。地元に伝わる話では、墓から生まれた子は和多見町《わだみちよう》または北堀町のある家にもらわれて幸せに暮らしたという件《くだり》がある。ハーンと出会って間もないセツが最初からここを削って伝えたとは想像しにくい。また一般的にも子育て幽霊譚は、墓から生まれた子供が高僧名士になるというモチーフをもつ。ハーンは意図的に最後の件を省き、母ローザとの生き別れの過去と母への愛惜の気持ちを再話に反映させて、「母の愛は死よりも強い」で結んだのだろう。言い換えれば、この一行こそハーンが大雄寺の怪談から受け取った強いメッセージだ。

また子育て幽霊の伝説は、日本では青森県から鹿児島県まで類話があり、海外にも少なくない。ハーンが育ったアイルランドにもちょっと似た話が伝えられ、ハーン自身が乳母キャサリンから聞いていた可能性も考えられる。アイルランドでは死後の世界は妖精の世界と直結しているので、アイルランド・バージョンでは母の亡霊は妖精の世界から3度子どものもとを訪れ、水飴ではなく母乳を飲ませ、また妖精の世界へ戻ろうとする。

近年、世界中で語り継がれる「子育て幽霊」の意味を再認識する機会があった。東日本大震災から1ヵ月ほどして、石巻《いしのまき》で活動していたみちのく八雲会のメンバーのお見舞いに出かけた時のことだ。メンバーのふたりが被災地をしっかり見て帰ってほしいといって、被害のひどかった南浜《みなみはま》地区を案内してくれた。日本製紙の近くの瓦礫《がれき》の中で、「実はこの近くでつい先日若いお母さんの遺体が発見されたが、母はしっかりと胸にわが子を抱きしめていた」という話を聞いた。その時に、背筋に冷たいものが走り、涙がこみ上げた。しかし同時にハーンが言う怪談の中の真理（truth）というものがはじめて体で理解できたような気がした。真理、つまり時空を超えて変わらない本当のことだ。母の愛はまさに人間世界に普遍的な真理なのだと直観した一瞬だった。ハーンは「小説における超自然的なものの価値」という東大での講義で、そのことを学生たちに語っていた。

どんなに知識が増えようと、世界は依然として、超自然をテーマとした文学に歓びを見出す。この先何百年たとうが、それは変わらないだろう。霊的なものには必ず一面の真理が現われている。だからいわゆる幽霊の存在がいくら信じられないとしても、それが表わす真理にたいする人間の関心まで、小さくなったりはけっしてしないのである。

真理とは「愛」「死」「畏怖」「好奇心」「約束」「秘密」「怨念」など人類に普遍的な命題のことだろうか。そしてそういったものに対する人間の関心は将来においても変わらないはずだと予言した。その予想は当たらずとも遠からずの現代社会である。ハーンが理想とした古代ギリシャ人のような生活の実現には、異界との交渉から人間が学びとった真理に耳を傾ける畏怖の気持ちが少なくとも必要なのだろう。松江という町、あるいは境港《さかいみなと》や出雲も含めた山陰の異界性は、多くの人々をこの地に引きつける。松江ゴーストツアーが5年以上続いていることからもそれを実感する。現代人はある意味で、闇への畏怖の念をもとめているのだろう。

さて、ほかにも松江の身近なところで体験した怪異をもうひとつお話ししておきたい。

師走恒例の小泉八雲記念館の年一度の大掃除の時だった。職員に交じって自分も白手袋をして遺品を展示ケースから出して丁寧に羽根のハタキをかけていた。常設展示室の入り口付近には以前からハーンの作品『日本お伽噺双書《とぎばなしそうしょ》』（*Japanese Fairy Tale Series*）5冊が並んでいた。これらは、縮緬本《ちりめんぼん》という珍しい装丁の本で、平紙に文章と共に多色刷りの絵を印刷したものに職人が撚《よ》りをかけてあたかも縮緬布のように紙に美しい縮れを入れる。海外市場や外国人のお土産用としての需要を見込んで長谷川弘文社で制作されたものだ。ハーンが再話を担当した5冊は1898（明治31）年から1922（大正11）年の間に刊行された。レプリカに置き換えられる前の当時は、永年の展示で5冊の縮緬本はかなり傷みがひどかった。何ページにもわたって、欠落、破損、褪色《たいしょく》などがみられた。その中の1冊に『お化け蜘蛛《ぐも》』（*The Goblin Spider*）

があった。

それはこんな物語《ストーリー》だ。

昔、ある田舎にお化けがよく出るという寺があった。お化けが牛耳っているその寺には誰も入ろうとはしなかった。そんなお化けを退治するために勇敢な侍が何度となくその寺に入ったが、だれも生きて戻ってこられるものはいなかった。ついに勇敢で分別のあることで有名な侍がその寺へやってきた。そして従者たちにこう言った。「もし、朝になってもまだわたしが生きていたら、寺の太鼓を打ち鳴らす」。そして侍は一人になり提灯の灯で見張りをしていた。

夜が更けてくると、侍は埃《ほこり》だらけの仏像の下の祭壇の中にうずくまった。奇妙なものは何も見えなかったし、物音も聞こえなかった。しかし真夜中を過ぎたころ、体は半分だけで片目の化け物が現れ「人臭い」と言った。ところが侍が身動きせずにいると化け物は立ち去って行った。

それから僧がやって来て、三味線を見事に弾きはじめた。あまりのたくみさに、それは魔性の者の妙技だと侍は思った。そこで刀を抜いて僧にとびかかっていった。僧は、侍を見るとにわかに高笑いし、こう言った。「貴公はわたしを化け物と見立てたな。とんでもない。私はこの寺の僧侶だ。化け物を近づけまいと三味線を弾いておるのだ。音色も悪くないじゃろう。貴公もちと弾いてみないか」。

　僧は三味線を差し出した。侍は、それを左手で用心深く握った。しかし、たちまちにして三味線は、奇怪な蜘蛛の巣に変化《へんげ》し、僧はお化け蜘蛛に変わった。侍は左手を蜘蛛の巣に搦《から》めとられても勇敢にもがき、刀で打ち、化け物を傷つけた。しかし、蜘蛛の巣にさらに絡まれ、ついには動けなくなってしまった。

　傷ついた蜘蛛は這いだして逃げ去り、外には日が昇ってきた。やがて人々がやって来て、蜘蛛の巣に絡まれる侍を見つけ、蜘蛛の巣から振りほどいた。床の上には点々と血痕《けっこん》がのこり、それは寺から外へと続き、さびれた庭にあるひとつの穴にたどり着いていた。その穴からは恐ろしいうめき声が聞こえていた。人々は穴の中に傷ついた妖怪を見つけ出し、退治したのだった。

　ハーンはおそらく、何かの文献からこの話を知った妻・セツの語りを聞き、「お化け蜘蛛」を再話したのだろう。しかし、松江の東側にある汽水湖・中海の大根島《だいこんしま》というところにも似た話が伝わっている。

ある僧侶が中海に沿って道を歩いていると急に暗くなってきた。そこで一軒の民家を見つけて声をかけたがいっこうに返事がなかった。そこで家に入り囲炉裏《いろり》に火を起こして暖をとることにした。僧侶がお経を唱えようとすると奥から赤子を抱いたやつれた女が出てきて子供を預かってほしいといった。返事をする前に女は消えてしまった。

その時、天井から白い網が下りてきて僧侶の首に絡みつき身動きがとれなくなってしまった。女が戻ってきて姿を毒蜘蛛に変えた。赤子も同じように姿を変え僧侶に襲いかかった。僧侶は錫杖や囲炉裏の薪を投げつけてなんとか蜘蛛を退治した。お経を唱えると、天井から男女のすすり泣く声が聞こえた。見ると何十体もの人間の頭蓋骨《ずがいこつ》が散らばっていた。

(『中海の怪談』)

いずれも「蜘蛛女」と称される、夜、出現する化け物を退治する話だ。

さて、ハーンの『お化け蜘蛛』に戻るが、他の4冊とは異なる小ぶりな形状からしてよく目立つ1冊だった。女子職員が埃をはらおうと傷んだその本を静かに持ち上げようとしたその時だった。

「ぎゃっ！」

と短く叫ぶと動けなくなってしまった。みんなが飛んでいくと誰もがそこに立ちすくんだ。そこには黒と黄色のストライプの物体が静かにうごめいていた。本と変わらぬほどの大きさがある女郎蜘蛛だった。『お化け蜘蛛』の下には本物の蜘蛛が隠れていた。ちょっとしたハーンのいたずらに違いないと一同心に言い聞かせた。

松江にはこんな出来事をハーンの霊性の力を借りて説明できる環境がある。２０１０（平成22）年にゼミの学生が文献と聞き書きで採集した松江の怪談は、新旧あわせて１２６話に及んだ。人智を超えた不思議を受け入れられる風土が残っている土地なのかもしれない。

# 第8章　カラスの因縁

祖父の一雄は柳田國男と書簡による交友があった。一雄は1931（昭和6）年に『父「八雲」を憶《おも》ふ』（警醒社）を出版し、それを贈呈した際に礼状をいただいたのが始まりのようだ。確かにこの本は今も私の母校、成城大学民俗学研究所の柳田文庫にあり、「著者、謹呈、柳田國男先生」という一雄の筆跡がのこされている。

その柳田國男からの返書（葉書）は1934（昭和9）年5月16日付で次のように書かれている。現代語に直してご紹介したい。

瘤寺《こぶでら》の鴉《からす》の話はまことに面白い御経験だと思います。はからずも懇切なお手紙といただいた御著書を拝見し、大変嬉しい心持がしております。ご著書については、すでに大体拝読しておりました。八雲さんの御著述の中にも烏《からす》の話があったかと思います。探してみたいものです。『怪談』の「耳なし芳一」のことは既に何度も利用させていただきました。

この文面からすれば、贈呈する前に柳田はすでにこの本を読んでいたらしく、中でも「瘤寺の鴉の話」が面白かったというのである。

瘤寺とは市谷富久町《いちがやとみひさちょう》の自証院円融寺《じしょういんえんゆうじ》という天台宗の寺で、かつてハーン一家はこの寺の地続きに１８９６（明治29）年9月から5年ほど住んだ。その場所は現在、成女《せいじょ》学園中学校高等学校になっているが、寺は今もある。瘤寺という愛称は、堂宇の用材として節目の多い檜が多数使われていたことによる。

当時、昼なお暗い境内には、松、杉、欅《けやき》、樫、椎、檜などの老木が生え、その根方には熊笹、いばら、やぶからし、おんばこ、みずひきそうなど各種の野草が生い茂り、雪の降る日には野兎《のうさぎ》が飛び出したという。ハーンはこの空間を気に入り、毎日のように境内を散策して老僧とも懇意になった。ハーンの姿が見えないと家人がさがす時には、たいがいは瘤寺を散策していた。

やがて住職が若い代に代わるとまもなく、お寺の経済的な理由から境内の老杉がつぎつぎと切り倒されていった。ハーンはこの事態を嘆き悲しみ、相談してもらえれば木を守るくらいの支援はできたのにと、実に無念な心持を抱いたのだった。結局、このことを契機に小泉家はより自然豊かな大久保《おおくぼ》へと転居した。

さて、柳田のいう面白いカラスの話とは、そんな富久町から大久保に引っ越す前日に起こった出来事のことだ。一雄の『父「八雲」を憶う』から引いてみたい。

大久保へいよいよ引っ越す前日でした。私は朝の英語の日課を終って父の書斎から下りて来ますと、出入りの者が二、三人手伝いに来ていて台所道具を女中たちと裏庭へ持ち出し、荷拵えをしていました。雑然たる荷物の中に大きなブリキ缶が五つ六つ持ち出されてあるのを見付けました。この中にはパンの屑《くず》が入れてあることを私は知っていましたから、中の一つを窃《ひそか》に開けて、堅いパン屑を懐に入れると「白来い、白来い！」と犬を呼びながら裏の空地へ出ました。呼んでも白はどこへ行ったのか来ませんでした。

　この時、家で棄てたらしい塵芥《ごみ》の山へ二、三羽の烏が来て、餌《えさ》もがなと漁っているのを見ました。私は呼んでも白が来ない腹立ち紛れに懐からパン屑を出すと突然《いきなり》烏めがけて投げつけました。でも内心、石や土塊を投げつけたんじゃない、烏の喜ぶパンだものと変な弁解をしながら……烏は驚いてパタパタと飛び立って瘤寺の山の杉の古木に皆泊りました。私はいささか、痛快を覚えて家に入りましたがどこへ行っても今日は邪魔者扱いにされます。再び裏の空地へ出ますと、先刻《さつき》の烏たちがまた塵芥《ごみ》の山から舞い上りました。しかも白い物を銜《くわ》えて……それが私の投げつけたパン屑であると知るや、私はフト新しい一つの面白い試みを思い立ちました。

早速パン屑の入れてある缶を一つ女中たちが止めるのも聞かず、エッサエッサと空地へ持ち出しました。パン屑を掴み出しては力委せに一つ一つ遠方へ投げ棄てました。二、三分の後果して烏は下りて来ました。そして用心深くも遠い方のパンから拾い始めました。この三、四羽の先駆者達がガアーガアーと奇声を揚げている間に一羽殖え、二羽殖え、五羽、七羽、十羽、二十羽と追々その数を加えて来ました。私は嬉しくて堪らなくなり、早速父《パパ》を呼びに飛んで行きました。

父《パパ》も来て見てこれは面白いとてパン屑の入れてある大缶全部を持ち出させ、「もう明日はあなた方と左様ならです。長い間のお友達！　私の息子一雄、今あなた方に少し進物します。皆さん恐れるないで食べて下されー！」と烏群に向かって申しました。

さしも広い空地が黒い斑点で覆われるほどに沢山の烏がパン屑の大盤振舞に群り集って来ました。「瘤寺の山にはこんなに烏がいたのか！」と近所の人達も見物に出て来て驚歎していました。大中小の烏群は面白い足取で餌を拾い歩きました。終には私の足元近く寄って来る者、手にあるパンを捥取《もぎと》って行く者、私の肩へ泊る者さえ出て来ました。父はこれには驚いて、私に目をつかれぬようにと注意を促したほどでした。白も出て来て、初の程は烏に向って吠えていましたが、その数の余りに増して行くのに恐れを懐いて後には縁の下へ逃げこんでしまいました。私はその後これほどの鳥の大群を見たことがありません。しかもこれほどに人に懐みを持った鳥たちを……。


これが「瘤寺の鴉の話」である。

現代の市谷のカラスにこんな大盤振舞をしたら、ご近所から顰蹙《ひんしゅく》を買うだけでなく新宿区からもお咎めがあるかもしれない。まだ東京でも人とカラスが敵対しない自然な交渉が保たれていた時代だった。いずれにしてもハーン父子《おやこ》にとってちょっと印象深い出来事として記憶されたエピソードだった。

でも、我が家はもともとカラスと無縁な一族ではなかった。ハーンはアメリカ時代には「大鴉（raven）」というあだ名で呼ばれていたからだ。名付け親は、19歳のハーンが一文無しのアイルランド移民としてたどり着いたシンシナティで、そんな飢え死にしそうな孤独な青年を救った当時44歳の印刷所を営むワトキンだった。ギリシャ系ゆえの浅黒い肌と黒っぽい髪、それに猫背気味の小さく丸まった背格好から来ているのだろう。また、当時ハーンがエドガー・アラン・ポーの詩“The Raven”を愛読していたこととも関係があるらしい。

ハーンはワトキン宛ての手紙には、自署の代わりにカラスのイラストを描いている。ワトキン宛て書簡はわかっているだけで48通もあり、それぞれの用箋《ようせん》や封筒にユニークなカラスのイラストをみることができる。“raven”（大鴉）というニックネームを大いに気に入っていたようだ。ワトキンはハーンからもらった手紙を宝物だといって大切にし、1907年には差し障りのある内容を一部削除して『大鴉からの手紙』（*Letters from the Raven*）として刊行した。さらにその完全版も関田《せきた》かおるさんの努力によって1991（平成3）年に『知られざるハーン絵入書簡』として日本で出版されている。

わが家には以来、一風変わった伝統ができてしまった。長男・一雄が父の意を受けて、自分のイメージにあわせて後ろ髪が立った痩せ型のカラスを木版で作り、印章として愛用した。するとそのひとり息子の時もこれに倣《なら》って、自分のカラスを考案し封《ふう》緘紙《かんし》などにして楽しんだ。私はいまだ自分のカラスを持てていない。その方面での才が欠如しているのでちょっと気が重くまだ実行に移せないと言った方が正確だ。

瘤寺の一件はそんなカラスたちへの親近感と愛情が垣間見られるし、因縁らしきものを感じずにはいられない。

では、民俗学者の柳田國男はなぜこのいってみればたわいもない小泉家のエピソードに反応したのだろうか。何かその中に怪異でも発見したのだろうか。

それは柳田が『野鳥雑記』（１９４０年）の執筆準備を進めていたことと関係がありそうだ。『野鳥雑記』中に「烏《からす》勧請《かんじょう》の事」という小品を記しているが、その中で雲《うん》仙《ぜん》のゴルフ場でカラスがボールをくわえて飛び去ってしまうことが問題になっているという事例を紹介している。それは山の神のミサキ（お使い姫）としてのカラスに餅《もち》を与えるという日本各地にあった古い信仰の名残で、カラスはいまだ白くて丸いものに反応するのではないかと推察した。そしてこの事例を「動物にも国史がある」という大きな問題を解く糸口として重視した。

津軽《つがる》出身の詩人・安利《あり》麻慎《ままこと》氏から聞いた話では、雲仙と同じことが青森のゴルフ場でもかつて問題になっていたということだった。私自身も滋賀県の多賀《たが》大社《たいしゃ》に残るカラスにまつわるこんな神事をみたことがある。朝、7時前に本殿脇の先喰台《せんじきだい》と呼ばれる木の台に神饌《しんせん》の米をお供えするものだ。それはカラスに食べてもらうためだ。古くはカラスが飛んできてこれを啄《ついば》まなければ、改めて神饌を作り直したともいう。西日本では、これを「御烏喰神事《おとくいしんじ》」などといってかなり多くの神社に神事として伝わっている。つまり主祭神に供えるより先にカラスに啄んでもらうと縁起が良いという考えだ。カラスが勝利や吉事に導くミサキガミだった古《いにしえ》の信仰の名残である。

瘤寺のエピソードは柳田の『野鳥雑記』執筆へ向けて、民俗学的関心を喚起するものだった。同時に、晩年「私の野鳥趣味にも七十年の歴史がある」(「故郷七十年拾遺」)と振り返った野鳥愛好家としての柳田國男の心に残るエピソードだったようだ。

ハーンと柳田が直接の面識があったかどうかはわからない。早稲田《わせだ》大学で農業政策を教えていた柳田と晩年のハーンの講義日が同じ土曜日だったので講師控室で会った可能性も否定できないようだが今となってはわからない。でも、柳田はハーンが書き残した明治日本の霊性だけでなく、こんな出来事にもしっかりと反応し、後の民俗学の発展に生かしていった。

柳田國男の兄で柳田の文学や民俗学方面の活動に多大な影響を与えた井上通泰《いのうえみちやす》とは、その後の小泉家が不思議な関わりをもつことになる。これは後にお話ししたい。

# 第9章　鷺に守られる家

## 自分のルーツはノルマン？

２００８年の秋、アメリカ・ノースカロライナに住むレイ・ハーン（Ray Hearne）という年輩の女性が私を訪ね、数十頁のコピーの束を手渡して行った。それは『ハーン家の歴史』（*Hearne History*）という本の一部でそこにはこう書かれていた。

「ハーン」という姓の綴《つづ》りは Hairun, Heiron, Heron, Hearn, Hearne, Hearon, Herron の7種類がみられるが、そのルーツはすべてノルマン人に行きつく。

ノルマン人はもともとスカンジナビア半島やデンマーク地方を拠点とする狩猟・漁労民で、８世紀頃からバイキングとして各地の海岸地帯を攻略し、10世紀はじめには北フランスにノルマンディー公国を建てた。レイ・ハーンさんも最近、北仏ルーアンに旅をしてこの資料を手に入れたという。以来、ラフカディオ・ハーンという作家に、姓の綴りは違うものの遠い先祖の血のつながりを感じ、親近感を覚えて、来日の機会に松江を訪れたというのだ。

私自身は、自分のルーツ、それも1000年近くも前の先祖のことなどさして関心はなかった。でも少し気がかりなことがある。初期のハーンの伝記には概して父方の先祖はイングランドの北部ノーザンバーランド州の田舎町の城主でその子孫がアイルランドに渡ったとしているが、最近では、ハーン家の先祖はアイルランド土着のケルト系だと考える説もかなり有力になってきて、いよいよわからなくなってきた。でも、完全な証拠がないままにどちらか一方に固定することは避けたいし、ルーツ探究の夢は後世に残しておいた方がより人生が楽しくなる。

実際、レイさんからもらったコピーには、ハーン家（フランス語ではヘロン家と呼ぶ）は北仏ノルマンディー地方にいたが、1066年、イングランド王エドワードの死去に際し、ノルマンディー公ウィリアムが王位を要求して侵入したいわゆるノルマン・コンクエストの際に、ウィリアムにつき従って渡英した。その子孫のウィリアム・ヘロンがノーザンバーランド州バンボロー城の城主になったと書かれている。

これが事実だとすれば、ラフカディオ・ハーンが通っていた聖カスバート校のあるダラムはそのノーザンバーランド州のすぐ南に位置しているし、フランスで留学した可能性があるといわれてきたイヴトーの神学校も、ハーン家のまさにルーツの場所ノルマンディー地方にあることに気づく。偶然の一致なのか。あるいは、ラフカディオを育んだ大叔母サラがそのルーツのことを理解していて、あえてノルマンディーと北イングランドの学校にハーンを留学させたのだろうか。

そんな想像をしているうちに、根っからの放浪癖が顔を出し、だんだん地に足がつかなくなってきた。遠い先祖の足跡を訪ねたいという思いから、ほとんど下調べをする暇もないままに、２０１０年のゴールデンウィークのはじまりの日に、弾丸旅行に出発した。

## パリからルーアンへ

パリのシャルル・ドゴール空港に着いたのは、4月30日の早朝。ここで例のギリシャの友人タキス・エフスタシウが到着するのを待つ。彼はここ数年、ハーンの足跡を旅することに関心をもち、松江にも何度も足を運んでいる。ハーンの初版本の蒐集やハーンのオープンマインド（開かれた精神性）をテーマとする現代美術展の開催などに奔走している。恐るべきコミュニケーション能力の持ち主で、たいてい、初対面の人でも、ものの2〜3分で旧知のような関係をつくってしまう。だが、地図や時刻表を読むのがめっぽう苦手で、ひとり旅はまずしない。私と正反対だ。

それぞれの得意分野を生かして旅の役割分担を決め、まずは私のリードでパリのサン・ラザール駅をめざす。12時50分発のルーアン行き列車に発車寸前に飛び乗り、二階席に腰掛けてしばしセーヌ河畔《かはん》の過ぎゆく風景を楽しむ。印象派の画家たちが好んで訪れたノルマンディーへの道は、穏やかな光に包まれる実に牧歌的な風景だった。

午後2時、ルーアンに到着。天気は予報ほど悪くないがパリに比べて一段と肌寒さを感じる。中心街ヴュー・マルシェ近くにあるホテルへ徒歩で向かい、チェックインを済ませて町に出る。ホテルのすぐ前には、救国の少女ジャンヌ・ダルクが１４３１年5月30日に魔女として断罪され、19歳の若さで火刑に処せられた処刑場跡があった。ノルマンディー地方独特の木骨組み切妻壁をもつスリムで古風な建物が並ぶ町並みを散策し、遅い昼食をとる。注文したワインはボルドー産で、地元製品ではない。ノルマンディーとその南西に位置するブルターニュ地方は、寒冷地でブドウの栽培に適さない。だから、地元ではシードルというリンゴからつくった発泡酒が親しまれている。そう、ノルマンディーは、フランスでありながら風土はイギリスのそれに近い。

旅の疲れから早寝をし、翌朝は青空から降り注ぐ朝日のまぶしさで目が覚めた。朝食をとるためタキスと町に出る。いかにも地元らしくカマンベールチーズを山ほど積み上げている小さな店に入ってみた。すると彼はチーズ屋のおばあちゃんの笑顔を褒め称え「僕たちのためにパンにチーズとパテをはさんでくれない。できればコーヒーも！」と頼んでいる。何と、チーズ屋で朝ごはんを作ってもらおうという魂胆だ。しかし、彼が頼むと、おばあちゃんは微笑みながら、準備してくれた。そして、松江でレイさんからもらったコピーに載っていた10世紀に建てられたという「ヘロン城(Chateâu du Héron)」の写真を見せて聞いてみた。

すると、「あっ、これ知ってる。1940年過ぎまでここから45キロほど離れたヘロン村(Le Héron)にあったのよ」と、教えてくれた。そうか、もう城はないのだ。この地方では1940年代というのが大きな意味を持って語られる。それは第二次世界大戦末期にアイゼンハワー元帥《げんすい》の指揮のもとに行われた兵員8万人によるノルマンディー上陸作戦だ。それによってフランスはドイツから解放されるが、この地方の多くの建物が米軍によって破壊されたことも悲しい歴史のひとコマだ。

## ヘロン村

すぐにタクシーをチャーターし、ヘロン村へ急ぐ。道すがら、咲き乱れるコルザという菜種に似た黄色い花が、牧草地に彩を添えていた。小一時間で到着。牧草地の背後に森があり、美しいアンデル川が流れている。実に静かなところだ。村の入口にある看板に眼がとまった。

「ようこそヘロン村へ（Bienvenue au HERON）」とあり、その上に鷺《さぎ》の絵が描かれている。フランス語で「ヘロン」は鷺を意味する。実はアイルランドのハーン家の家紋にも横向きの4羽の鷺が描かれていて、それはハーン家の家系図で先祖とされているダニエル・ハーン（1693〜1766）の時代から使われていたらしい。またさらにその先祖の一族と考えられているイングランド北部のノーザンバーランド州に居城をもったサー・ヒュー・ド・ヘルンの旗標《はたじるし》が「天空にのぼらんとする鷺（The Heron Seeks the Heights)」であった。

そんな事情を知っていたハーンは松江時代に島根県尋常中学校の同僚の美術教師、後藤金弥《ごとうきんや》に下げ羽の鷺を図案化してもらい、後に小泉家の家紋とした。これは一羽の

ヘロン村の入口

鷺が羽を休めているところを図案化したものだ。だからわが家の家紋はいわばパターン化された一般的な日本の家紋ではなく、ハーンのアイディアによる創作家紋だといえる。

看板に描かれた鷺の絵を通してこの村に急に親近感が湧いてきた。村人にたずねると、アンデル川には小魚が多く、それを狙って今でも鷺がいっぱいやってくる。だから「鷺（ヘロン）」という地名になったという。

かつて城があったという場所は、いまは牧草が生い茂っていた。一番近くにあったお宅で聞いてみると、確かに米軍の攻撃を受けるまでそこに城があったといい、その資料も多少残っているらしいが、あいにく日曜とあって資料の管理者は留守だった。

近くには、ルーアンに生まれた小説家ギュスターヴ・フローベール（１８２１〜１８８０）の小説『ボヴァリー夫人』（１８５７年）の舞台となったことを語る案内板が立てられていた。ハーンもフローベールの作品に親しみ、ゴーチェとボードレールの両者のすぐれた形式を結合する彼の新形式を評価していた。結局十分な情報を得ることができずに村をあとにしたが、遠い先祖のルーツさがしに一筋の光がさしたような喜びを覚えた。

次にそこから60キロ余り北西に離れたイヴトーという小さな町をめざす。ここは、ハーンが子どもの頃、この町の神学校に留学したという説が1911年にケナードによって出されて以来、多くの研究者が訪ねた町だ。しかし、ハーンがこの町にいたという根拠はまだ何も見つかっていない。フロストが『若き日のラフカディオ・ハーン』(*Young Hearn*)の中で、もしイヴトーで学んだとすればここに違いないと推測した学校を訪ねるが、この建物も1940年代の米軍の爆撃ですっかり建て替えられてしまっていた。そして、古い資料を簡単に得ることはできなかった。

天気は一層不安定となり冷たい雨が大地を叩き始め、緑の香が濃くなった。一段と強くなってきた風に、なじみ深いアイルランドやイギリスの大気の感触を思いだした。イヴトー駅からインター・シティーで、イギリス海峡に臨む港町ル・アーブルに向かった。

## ル・アーブル——旅の終わり

ル・アーブルはとりわけ第二次世界大戦での被害が甚大だった町で、ヨーロッパの町並みとは思えぬほど建物が新しい。大半が1945年から1964年にかけて再建されたものだ。まずはフェリー・ターミナルに出向いてイギリスのポーツマス行きのフェリーの時刻を調べるが、切符売場や待合室は施錠されていて中に入れない。午前中の出発便があれば、ぜひ明朝、イギリスへ渡りたかったのだが、夕方に一本出るだけだと町の人たちが教えてくれ、諦めた。しかし所要時間は5時間ほどだという。これならば、ノルマン人たちがイギリスにも国を作ろうとした気持ちがわからないではない。

最近、ハーンの渡米についてもこの港から船に乗ったという可能性がでてきた。前述したようにアメリカで乗船名簿が見つかったからだ。ロンドン発、ル・アーブル経由ニューヨーク行きのセラ号という船でハーンは1869年9月2日にニューヨークに着いたことが明らかになった。そして、シンシナティで若きハーンに出会ったワトキンは、フランスの神学校の制服を着ていたと回想している。また、ニューオーリンズについて書いた記事に「ル・アーブル」との類似点もあげている。とすれば、イギリス留学後にイヴトーかあるいはパリ等の神学校でフランス語を学び、この町の港から船に乗ったという可能性も考えられるわけだ。

フェリー・ターミナルの脇にある漁船の船溜まりに、干潮で逃げ遅れたサメの赤ちゃんが横たわっているのが妙に寂しげな夕暮れの光景だった。ここでも、地元のビールと魚を楽しんだ。やはり「ここはフランスではない」という実感を強くした。

足かけ三日間のノルマンディー弾丸旅行は、フランスらしからぬノルマンディーの風土を実感し、日本人には馴染みの薄いルーツ探しの旅の面白さを体感できた。移民者が多いヨーロッパにはアメリカをはじめ世界各地から先祖のゆかりをもとめて人々が訪れる。とくにアイルランドのダブリンなどには家紋ショップが軒を連ねるほどだ。日本人である私がこんな旅を体験できたことは、それこそ先祖のお陰なのだと実感した。

ノルマンディー紀行はこのあたりにして、さらに「鷺」について考えてみたい。

## 大久保から来た鷺

わが家では鷺の家紋をとても大切にしてきた。ハーンは家紋入りの紋付をつくり、一雄、時、私へと継承され、代々、結婚式など特別な人生儀礼でしか着ることが許されていない。私も、25年前の結婚式と披露宴でただ一度着たことがあるのみだ。このルールはハーンの没後、セツが鷺の家紋を非常に尊んだゆえに、「一族中の男子のみが特別な時に着る」という家訓をつくったらしい。松江には今も鷺が多く、北堀のヘルン旧居にも白鷺やゴイサギがしばしば姿を現す。そんな鷺に、ハーンもセツも親近

小泉家家紋

感をもっていたことは確かだろう。

東京牛込《うしごめ》の富久町に住んでいたころ、こんなことがあった。

初夏のある朝、洋酒缶詰商青木堂《あおきどう》の小僧さんが、2羽のギャーギャーと奇声を発する、嘴《くちばし》の長い灰色で禿《はげ》チョロの鳥を捕まえたから買ってくれと持ってきた。よくみるとゴイサギの雛だった。

「大久保の前田《まえだ》様の藪《やぶ》で捕まえてきたのです」

当時、大久保村の前田侯爵家の別荘地内には、田、畑、林、森、池などがあった。鴨猟が行われるという広い池の周辺の藪や林には、春から夏へかけてさまざまな種類の鷺が群がり、ギャー、ギャー、クワックワッと鳴き叫んでいた。大人も子どもも、牛込の空を西の方へ飛んでいく鷺の群れを見るたびに、「あれは大久保の加賀様の森へ帰るよ」とか、西の方から飛んでくる群れを見ると「あれは大久保から出てきたんだ」などと口々に言っていた。

「あすこはどこからだって入れますよ。だけど番人に見つかると叱られます。藪の竹の上にある巣を振り落して捕まえたんですが、親鳥が飛んできてやたらに突くんで閉口しちゃったんですよ。でもこいつら2羽だけはようやくふん捕まえて逃げてきました」

鷺が哀れに思ったセツは2羽とも買い取って森へ逃がしてやろうと思ったが、そうもならず1羽だけを譲ってもらうことにした。

買い取った鷺はまだ足腰もたたない雛だった。書生の光栄《あき》さん（玉木光栄《たまきあきひで》）が、籠《かご》に入れて風呂敷を被せ、少し落ち着かせたところで、赤蛙《あかがえる》を捕ってきて食べさせてやった。

ハーンは鷺の雛を救ったことを聞き、「よきことしました。可愛がって育てましょう。翼じゅうぶん強いとなりましたなら空に放しましょう」と喜んだ。

雛鳥には禽舎《きんしゃ》まで与えられ、しだいに食欲も旺盛となり、ドジョウ、田螺《たにし》、赤蛙、バッタなどを盛んに丸呑みにした。犬、猫、鼠《ねずみ》などを見ると冠羽《かんう》を逆立てて猛然と襲撃するまでになった。銀灰色の羽毛が生えそろって、両翼にも黄色く長いデリケートな両脚にもじゅうぶんな力と美しさとが備わった頃、ちょうどお盆の時期を迎えた。

お盆を迎える前日の7月12日には鷺を禽舎から出して、バケツに一杯ドジョウを入れて与えた。

「さあ、これを食べたら親のところへお帰り」と。

しかし、その後3日ほどは屋根に上ったり庭に下りたり、屋敷内にとどまっていた。

精霊送りの15日の夕方のことだった。5～6羽の鷺の一群がクワックワッと鳴きながら西の方へ飛んでいった。すると、例の小鷺が突然奇声をあげたかと思うと、風を切って軽やかに舞い上がり、西の空へと仲間のあとを追って飛び立った。思わず一雄は叫んだ。

「鷺が帰ります！　鷺が帰ります！」

「よーく、家、まーもーれーッ！」

ハーンとセツも二階の窓から鷺の帰還を見届け、家人一同は安心した。

われながら鷺を愛する一族だと思う。

## 鷺に助けられた話

その後、父の代になってからはさらにこんなことがあった。

父・時は16歳の頃、海軍経理学校入学をめざして軍医長に目の検査をしてもらったところ、視力が足らず諦《あきら》めるようにいわれた。それで官立無線電信講習所（現・電気通信大学）を受験し、運よく入学できた。２年間座学で無線の勉強をしてから、就職先を籤引《くじび》きで決められ、山下汽船《やましたきせん》に行くことになった。先祖譲りか、もともと海に関わる仕事がしたいと願っていた父だった。

就職先の山下汽船では遠洋航海にでることも多かった。戦時中ゆえに軍用船に乗り組むこともあった。シンガポール、パラオ、ラバウル、ホーランジア（現・ジャヤプラ）、ジャワ、スラバヤなどを軍用船で巡っている時のことだ。パラオの北75マイルのマリアナ沖でアメリカの潜水艦に攻撃され、乗っていた船は沈没してしまった。その際、父は魚雷攻撃で脚に負傷した。マリアナ海溝は富士山の３倍といわれる深さがあり、それを考えただけでも背筋に寒いものが走る。しかも船が沈んだとき、ジンベエザメがすぐ近くを泳いでいたという。巨大なジンベエザメが近くを通ると船が通った時のように水流に吸い込まれた。

陸軍の人たちはジンベエザメを見て悲鳴をあげていた。その生態を知っていた父は「このサメはおとなしくて人を襲ったりしないから安心しろ！」とみなを落ち着かせた。

マリアナ海溝で海に放り出された父は半ば自分の人生はこれまでかと諦めかけてい

た。するとしばらくして船の影が映った。また、アメリカの船かと怖れたが、近づいてくるとどうも日本の船らしい。船はしだいに船影がはっきりみえる距離まで近づいて来た。そして舳先《へさき》に書かれた文字が目に飛び込んだ。

「サギ」

「えっ！」

もしかするとこれは助かるのか。直感的にそう思った。

そしてついに、父は水雷艇「鷺」の甲板に引き揚げられ、九死に一生を得た。

後日談だが、2013（平成25）年7月25日に松江歴史館で、怪異蒐集家の木原浩勝《きはらひろかつ》さんと「松江怪談談義」という催しをした時のこと。この話を私がしていると突然汽笛の音に会話が遮られた。会場でも一瞬、小さなどよめきが起こった。こんなマイクのハウリングは誰も経験したことはなかったのだろう。思い返すにつけ、あれは汽笛の音だった。父の魂も会場に来ていたのかもしれない。

父は、「鷺」に助けられた話は誰にも語ったが、自分が乗っていた船については一言も話さなかった。船の名前を尋ねたが決して教えてはくれなかった。自分を含めて生き残りの乗組員がわずかで、そのことを思うととても言えなかったようだ。そして晩年まで観音経を蓮弁《れんべん》に書いて仲間の戦没船員の慰霊を行う姿を母は日々見ていた。

その後4月頃に横須賀《よこすか》に帰ってきた。召集解除となり、官立無線電信講習所の卒業式に出て、海軍予備兵曹長になった。藤沢《ふじさわ》の鵠沼《くげぬま》で教員（海軍教育）を募集しているという話で行ってみるとすでに希望者が多く、待機ということになった。この状態で終戦となった。結局、召集令状は来ることなく終戦を迎えた。

以上が、亡父が話してくれた奇跡の生還談のすべてだ。以来、「鷺」の家紋は小泉家にとっては、単なる家の標ではなくお守りのような存在に変わった。

## 鷺とともに生きる

私が生まれる少し前のこと、一雄は世田谷の玉川瀬田《たまがわせた》（現在の瀬田1丁目）に引っ越した。そこの家では、世田谷区の花である「サギソウ」を母が大切に育てていた。7月中旬頃に茎《くき》の先に白鷺が飛翔しているような美しい白い花を咲かせる。本当に白鷺そっくりな可憐《かれん》な花だった。かつて世田谷にはサギソウが自生していたといわれ、私も若い頃、民俗調査で九品仏浄真寺《くほんぶつじょうしんじ》の来迎会《らいごうえ》（通称、お面かぶり）に出かけ、その日には屋台が出て鉢《はち》もののサギソウがたくさん売られていた記憶がある。
サギソウにはこんな悲話が伝えられる。

今から400年以上も昔、世田谷城主吉良頼康《きらよりやす》には奥沢《おくさわ》城主大平出羽守《おおひらでわのかみ》の娘で常盤《ときわ》という美しい側室がいた。常盤姫は頼康の愛を一身に集めていたが、それを妬《ねた》ましく思った側室たちは、つくり話によって頼康につげ口をした。度重《たびかさ》なるつげ口から頼康もそれを本気にして常盤姫に冷たくあたるようになった。愛情を疑われ、悲しみにくれた姫は死を決意し、幼い頃からかわいがっていた白鷺の足に遺書を結びつけ自分の育った奥沢城へ向けて放った。

白鷺は奥沢城の近くで狩をしていた頼康の目にとまり、矢で射落とされてしまった。白鷺の足に結んであった遺書を見て初めて常盤姫の無実を知り急いで世田谷城に帰ったが、すでに姫は息をひきとっていた。

その時、白鷺の血のあとから、一本の草が生え、サギに似た白いかれんな花を咲かせたので、これをサギソウと呼ぶようになった。

（世田谷区の資料より）

## 父が逝った日

父は２００９（平成21）年7月8日朝、84歳で永眠した。同じ日に文化人類学者でＫＪ法の生みの親、川喜田二郎《かわきたじろう》さんが敗血症のために亡くなっている。父は情報整理と玩具蒐集が趣味で、川喜田さんをとりわけ尊敬し、ＫＪ法にも親しんでいた。同じ日に同じ病で亡くなり、新聞に並んで訃報《ふほう》が載せられた。

葬儀の際にわざわざ静岡県の焼津《やいづ》から弔問に訪れた方たちと話していたら、実はこんな不思議なことがあったというのだ。

ちなみに焼津はハーンが東京時代のオアシスとして6度の夏を過ごした場所だ。磯が多く水深がある駿河湾《するがわん》で存分に泳ぎ、魚屋を営む山口乙吉《やまぐちおときち》さんの家の2階を借りて、素朴な漁師気質の人たちと交流する時間は晩年のハーンにとって至福だった。焼津には家族連れで出かけていたので、子孫の代になっても親しい交流が続いている。愛好者の会として焼津小泉八雲顕彰会も作られ、同会の尽力で、１９６６（昭和41）年8月には焼津駅前に小泉八雲顕彰碑が建立された。白御影石の碑の表には、ハーンの横顔を彫ったブロンズのレリーフと作品「焼津にて」の一節を刻んだ黒御影石がはめ込まれている。

父死亡の知らせを聞いた焼津小泉八雲顕彰会のTさんは、通夜に参列しようと焼津駅に孫のSちゃんを連れて切符を買いに行った。7月10日夕方のことだった。車をとめて、いつものように南側の足湯の隣にある八雲の記念碑の前を何気なく通った。するとSちゃんが突然こう叫んだ。

「たいへん、おばあちゃん、お顔がない！」

Tさんがあわててふりかえって記念碑に目をやると確かにハーンの横顔のブロンズ像がなくなっている。周辺を捜すと、真下にブロンズ像は落ちていた。そして何の損傷もなく記念碑の台座にたてかけるようにして置いてあった。胸をなでおろしたが、Tさんはすぐに教育委員会に連絡し、周辺でも聞き込みを行った。しかし、誰もこの経緯は知らなかった。まもなく駆けつけて、ブロンズ像を焼津小泉八雲記念館に運んだのが前館長のMさんだ。

「建ってから40年以上、震度5の地震でもはずれたことなどないレリーフなのに、どうしたんだろうね」

Tさんは不思議なまなざしで母に言う。母は、こう答えた。

「急に孫が亡くなって、八雲お祖父ちゃんが驚いたんだわ」

その7月10日は、私の誕生日でもあった。

私は今、松江を南北に分断して宍道湖と中海を結ぶ大橋川の河岸に住んでいるが、しばしば白鷺やゴイサギが姿を見せる。そして置物かと見紛うように身じろぎもせずに直立して大橋川の中に獲物を見定めている。鷺が身近にいる生活はずっと続きそうだ。

# 第10章　父の魂のいたずら

羽田《はねだ》から横浜に向かうリムジンバスがベイブリッジを渡りきると、みなとみらいのホテル群の手前に、クイーンエリザベスII世号を彷彿とさせる黒白のツートンに塗り替えられた客船にっぽん丸の姿がはっきりと見えた。その背後には、いつになくクリアで美しい富士山の姿がぽっかり浮かんでいる。

２０１３（平成25）年5月7日、これから一風変わった旅が始まる。出雲大社の平成の大遷宮にあわせた、横浜から出雲へのにっぽん丸によるクルージングだ。それも乗客ではなく、むしろ乗組員の一員、出演者という立場での参加である。足かけ2泊3日の船旅の中で、出雲大社や遷宮、出雲神話や小泉八雲について語るという役割を命じられたからだ。

大さん橋は、外国航路の発着用桟橋として１８９４（明治27）年にほぼその原型が完成している。現在に至るまで「みなと横浜の顔」で、当初はメリケン波止場《はとば》と呼ば

にっぽん丸（大社沖にて）

れていた。大正生まれの父は「メリケン桟橋」と呼び、決して大さん橋とは言わなかった。世田谷に住んでいた子どもの頃、私は父に連れられて、週末にはたびたび大さん橋に客船見物に出かけていた。学生時代にはサイクリングでもよく訪れた。異国情緒と非日常が感じられる、もっとも身近な場所だった。

今回の旅は、その大さん橋から出港することだけでもこの上なく心が躍った。しかし、横浜駅の雑踏に巻き込まれ、到着が約束の時刻を過ぎてしまい、みなとみらい線の日本大通り駅からキャリーバッグを引いて、大さん橋まで思い出に浸る間もなく疾走する羽目になった。歩みを緩めることなく2万2472トンの「にっぽん丸」に乗り込んだ。

まずは、乗組員食堂での昼食。大半の乗組員がフィリピン人のため、日本食とフィリピン食の2種類が用意されていて、好きなものを皿に盛りつけて腹ごしらえをする。興奮していて、ろくに味わわぬまま冷やし天ぷらうどんとサラダをかきこんだ。

14時、出港。甲板では「ボンヴォヤージュ・セレモニー」が行われ、乗客たちはスパークリング・ワインを片手に非日常的世界への旅立ちを祝っていた。タグボートに引かれて移動する巨大な船体と見慣れたみなとみらいの風景に交互に視線を置きながら、横浜に別れを告げる。

船内でのイベントはすべて"Port & Starboard"という船内紙で乗客に知らされる。さっそく新聞用の講演要旨を30分ほどで書き、明日の講演のパワーポイントのデータをクルーズ・オフィスに届け、打ち合わせを1時間ほどで済ませる。

日が傾く頃から暗雲が空を覆い始める。伊豆半島沖にさしかかると、ついに雨が降り出した。少なくとも陸上の天気予報では雨の予報はなかった。次第にうねりも高くなった。伊豆半島南部から伊豆諸島へかけては、ぬけるような青空が常の真冬の関東でも時に雨が降る海洋性の気候であるそうだ。船が遠州灘《えんしゅうなだ》に進んだ頃、乗客と同じメインダイニングで夕食をとった。さぞはかどるだろうと高をくくって持ち込んだ仕事は、エンジンによる小刻みな振動と大きくゆるやかな船のローリングで早々にあきらめ、生まれて初めて酔い止め薬を飲み、ワインを一杯飲んで部屋に戻り床に就いた。

わたしのことを disaster man（災害男）と呼んだのは島根大学で地球物理学を教えるニュージーランド人の友人だ。自慢ではないが、いままで宮城県北部地震、福岡玄海島《げんかいじま》の地震、中越《ちゅうえつ》地震、ギリシャでの稀有《けう》な洪水、アメリカ・オハイオ州での豪雨など、いくつかの自然災害を現地またはその近くで体験した。2001年9月11日の同時多発テロ事件の際にも交換教員で渡米中だったし、2010年のアイスランドの火山噴火の際には、ロンドンのヒースロー空港閉鎖寸前に香港行きで脱出した。この船旅でも早くも何かが起こりそうな兆しだ。ひと眠りした午前1時ごろ、凄《すさ》まじい轟《ごう》音《おん》と震動で目を覚ました。一瞬タイタニックの悪夢が過《よぎ》ったが、いくらなんでも氷山が熊野《くまの》灘《なだ》に浮かんでいるわけがない。船室のカーテンを開けて外を見ると、激しい風雨と白波が渦巻いていていた。2万トン級の船でも、タイミング悪く高波を受けるとこんなに衝撃を受けるものかと驚いた。

大事には至らず、翌朝は打って変わって溢れるように穏やかな朝の陽光が窓から差し込んでくる。すでに紀伊半島沖を巡って大阪湾の紀淡《きたん》海峡付近にさしかかっていた。9時28分に明石《あかし》海峡大橋をくぐって瀬戸内海へ。気温は次第に上昇し、海は鏡のように平らかに静まっていく。

11時から、「小泉八雲と出雲神話」というテーマで1時間の講演を行った。八雲がニューヨークにいるときにチェンバレンの英訳『古事記』を読み、出雲神話に関心を寄せたことが日本行きのきっかけのひとつとなったこと。『古事記』は横浜で購入して再度、脚注まで精読したこと。夢にまでみた出雲大社の訪問で内陣の昇殿を許され、巫女舞をみて古代ギリシャのデルフィーの巫女を思い出したこと。出雲神話をつねに世界の神話との比較の視野でみつめていたことなどを話した。

話し終えると、年輩の女性と娘さんと思われる二人が駆け寄ってこられた。

小林佳子《こばやしよしこ》さんという1927（昭和2）年生まれの方だった。

「私は、目黒区の八雲高等女学校を卒業したんですが、その時に貴方《あなた》のおじいさまの一雄先生から国語を習ったのです。娘が最後の親孝行のつもりで出雲大社へのクルージングをプレゼントしてくれました。でも、まさか船内で小泉八雲先生の話を伺《うかが》えるとは全く知りませんでしたし、こうして凡先生とお会いできるとは信じられない喜びです」

私にとっても予期せぬ邂逅に胸が熱くなる思いだった。一雄は、1939（昭和14）年からわずかな期間だが、目黒区八雲にある八雲高等女学校で国語と英語を教えていた。東横《とうよこ》線の都立大学駅に近いこの場所には須佐之男命を祭神として祀る氷川《ひかわ》神社があり、出雲の香りがかすかに漂うところだ。現に、目黒区八雲は松江市八雲町とそんな縁から交流を始めたし、かつて私もその交流の一環として氷川神社で講演をさせていただいたこともある。八雲の没後、心臓神経症に悩まされていた一雄は、転地療養をしつつ父の思い出を執筆していたが、アメリカによる資産凍結によってハーンの著作物の印税収入が途絶え、どうしても定職に就く必要があった。そして知人に紹介されたのがこの学校だった。一雄ははじめて八雲高女を訪ねた時、自分の父の名と校名との関わりについて尋ねたようだ。考えてみれば、目黒の「八雲」という地名は前述のとおり氷川神社の祭神、須佐之男命に由来している。ハーンの「小泉八雲」という日本名も須佐之男命の和歌で『古事記』にある「八雲立つ　出雲八重垣　妻籠みに　八重垣作る　その八重垣を」から家族がつけたので、根っこはもちろん一緒だ。当時の八雲高等女学校の教頭の近藤章久《こんどうあきひさ》氏がハーンの『怪談』を英語で愛読していたこともあって、そんな「八雲」をめぐるゆかりから教壇に立つことになった。これもあるいは奇縁の部類に入る出来事なのかもしれない。小林さんはこう続けた。

「いつも一雄先生は象牙《ぞうげ》色の髑髏《どくろ》のついたステッキをついて教室にいらっしゃいました。やさしくて話し上手だったので、時々、怪談の語りをせがんだりしました。恥じらいの表情をみせながらも、願いを聞き届けてくださいました。生徒みんながその見事な語りの虜になりました。『むじな』の話をしてくださった時、最後にハンカチで顔を隠して『のっぺらぼうー』と言われた時の光景は今もしっかりと覚えています。そのうち、先生と親しくお話しさせていただくようになって、尾山台《おやまだい》のお宅にも遊びに行ったことがありました。そうしたら、2歳年上のお子さんがいらして一緒に楽しく遊んだことは忘れられません」

まさにそれは1925（大正14）年生まれの父のことだ。そういえば、晩年の父がこんなことを言っていたのを思い出す。

「一雄が若いころ、八雲高女の生徒さん達が遊びに来たことがあり、喜久恵おばあさんがやきもちを焼いて往生したよ」

小林佳子さんはきっとその生徒のひとりだったのだろう。

「鷺」の話でも書いたように、私の父は海が大好きで、一時期、山下汽船と三井船舶《みついせんぱく》という会社で船乗りをしていた。現在のにっぽん丸を所有する商船三井客船株式会社は、1964（昭和39）年に三井船舶と大阪商船が対等合併し大阪商船三井船舶を経て現在の社名となっている。つまり三井船舶はこの会社の片方のルーツなのだ。そんなことを考えると、今回の乗船と小林さんとの出会いはあの世に居る父の魂がもたらしたできごとかと思いたくもなる。

横浜出港からほぼ24時間が経過した午後1時19分、瀬戸大橋をくぐる。「こんな穏やかで澄み渡った瀬戸内海はめったにありませんよ」と久葉《くば》船長からアナウンスが入る。実に幸運だった。今治《いまばり》の町の全貌《ぜんぼう》がはっきりと左手に姿を現し、午後4時51分、しまなみ海道の来島《くるしま》海峡大橋をくぐる。出航してからくぐった橋はこれで4本目。この橋だけが、底面が鉄骨むき出しではなく、コンクリートで覆われた白い橋だった。橋の底面を真下から眺めるという醍醐味《だいごみ》もクルージングならではだ。

8階だての船内の7階のデッキに上がり、心地よい潮風を浴びながら日が西へ傾くのを見守る。乗客のほとんどが60代から80代の熟年カップルで嬉しそうにデッキで2日目の日没を見送っていた。

漆黒《しっこく》の闇の中に街の灯が近づいているのを感じる。間もなく関門《かんもん》海峡だ。午後11時43分に関門橋の下を通り、日本海へとまわり込む。心なしか波も高くなり速力が上がる。夜のうちに一気に大社をめざすのだ。翌朝、6時に目が覚めた時、すでに正面に見慣れた三瓶山《さんべさん》の姿があった。海流に乗れば、下関《しものせき》からわずか6時間余りで大田《おおだ》に着ける。現代のＪＲや高速道路と変わらぬ速さであることはある意味で恐るべきことだ。

古《いにしえ》の朝鮮半島からの渡来人や近世の北前船の繁栄が、きわめて自然に逆らわぬ現象だったことを体感できた。瀬戸内海の風景と海の穏やかさは比類を見ないものの、島々にさえぎられて船の動きが制限されることを思えば、かえって日本海が交通路としては秀逸な利便性をもっていたのかもしれない。現在でも瀬戸内海航行中は速度が制限されていて（とくに備讃《びさん》瀬戸は12ノット〈時速約22キロ〉）、船長は絶対に操舵室《そうだしつ》を離れてはいけないことになっている。船の行き来の多さ、島々の多さ、渦潮の危険性は、決して無視できる条件ではない。

歴史学者の故網野《あみの》善彦《よしひこ》氏が、アジア大陸の東辺には、北からベーリング海、オホーツク海、日本海、東シナ海、南シナ海の五つの大きな内海が連なっていて、日本列島の社会を理解するためには少なくともそのくらいの広い視野をもって、海そのものの特質を十二分に視界に入れた「海の論理」で考えなければいけないと主張されていたことが、はじめて臨場感を伴って理解できた気がした。

予定より1時間ほど早く、にっぽん丸は大社と日御碕《ひのみさき》の中間の沖合に錨《いかり》をおろした。ハーンも1891（明治24）年の夏に小舟で日御碕神社を訪れているのでこの風景を見ているはずだ。船に積んである上陸用のボートを海面までおろし、母船とボートの間に簡易桟橋を渡して、9時過ぎには第1便が大社漁港へ出発した。その第1便の小舟に乗って横浜を出てから43時間ぶりに陸地を踏む。

朝の出雲大社は驚くほど多くの参詣者で賑わっていた。大遷宮より1日前の平日だが、すごい人である。この船旅でも200人が、横浜からにっぽん丸で大遷宮を前にした緊張感溢れる出雲大社を参拝に訪れたのだ。日本のレジャー旅行の起源が、古代貴族の寺社参詣の旅から始まったことを思い起こして、昔も今も、西洋からは不思議な無宗教人とみられる日本人が、実は根強く寺社への信仰を受け入れていることを感じた。

ハーンもそんなところに日本文化のよさを見出したのだろう。前述したようにハーンは大社にはじめて昇殿を許された外国人で、当時の千家《せんげ》尊紀宮司《たかのりぐうじ》とはあつい親交を結び、生涯で3回大社を訪れている。出雲大社が位置する杵築の地は、明治20年代前半には、松江からでも蒸気船と人力車で7時間半はかかる決して便利な場所ではなかったことを思えば、ハーンの大社への思いは極めて強いものだった。余談ながら現在の千家尊祐《たかまさ》宮司は、尊紀宮司の曾孫にあたり、こちらもハーンの曾孫だということで親近感をもっていただき権宮司時代に結婚式もあげていただいた。いまも大社には深いご縁をいただいている。

さて、小林佳子さんからは、2013年末にあらためてこんなお手紙をいただいた。

「実は、去る11月11日に願い叶って、恩師、小泉一雄先生との60年ぶりの再会をすることが出来ました。T先生のたくさんのご厚意をいただきました」

車椅子の生活をしておられる小林さんが雑司《ぞうし》ヶ谷《や》の墓地まで一雄に会いに出かけてくださったのだ。

「5月に、にっぽん丸にて、はじめて凡先生にお目にかかれて、11月には一雄先生との出会い、すべて何かのご縁が結ばれております事を心より嬉しく唯々《ただただ》感謝です。出雲神話の神々に御礼申し上げねばと存じます」

祖父や父の魂のいたずらとしか思えぬような出会いは、出雲の神々への感謝の念に収斂されていくのがもっとも自然な理解なのだろう。

# 第11章　如意輪観音の呪い

小泉一雄夫婦はハーンが亡くなった後、西大久保の家を出て、一時期大宮郊外の三《み》橋《はし》というところにある旧久松《ひさまつ》伯爵邸を譲り受けて移り住んだ。それから上野池之端《いけのはた》、駒沢《こまざわ》、桜新町《さくらしんまち》と転々とする。1934（昭和9）年、今度は荏原《えばら》区中延《なかのぶ》（現在は品川区）に引っ越した。父は小学校3年生から中学校3年までをこの地で過ごしている。中延の家はもともと一雄の妻・喜久恵の親戚筋が所有する家だったが、銀行勤めで急に九州に転勤になって庭を維持するのが大変だという理由で、ぜひとも一雄一家に住んで欲しいと頼まれたのだった。桜新町が気に入っていた一雄にはどうも気乗りのしない話だった。しかし、どうしてもと再三言われるので仕方なく依頼を受け入れたという。

ハーン没後、ハーンの親友で横浜グランドホテル社長のミッチェル・マクドナルドが遺族たちの後見人として大きな支えになってくれた。独り者のマクドナルドは一雄をわが子のように可愛がり倉庫係兼秘書として、同ホテルに採用した。ところが一雄は地下室の勤務が続き1923(大正12)年の夏ごろから体調を崩し信州の山田温泉《やまだ》で療養していた。その年の9月1日、関東大震災が起こる。激震地の横浜にいたマクドナルドはホテルから一度は避難したものの、燃え上がるホテルの中にアメリカ人女性が残されたらしいという噂を聞き、再び建物に戻り帰らぬ人となった。一雄は、1904(明治37)年の父・八雲の死に続いて第二の父と慕ったマクドナルドにも先立たれ、心身ともにすっかり憔悴《しょうすい》してしまった。

マクドナルドが亡くなって間もないある夏の日のことだった。当時、小泉家では夏場は女中も全員で昼寝をした。昼寝から起きて家族が居間に集まってきた時、お梅《うめ》という女中が、「さっき夢の中で、真っ黒な顔をした異人さんが、ヘルン先生の書斎へ入っていかれるのを見ました。とても不思議な夢でした」と一同に告げた。その後、家族で写真を整理していた時のこと、よく小泉家を訪れたマクドナルドの写真が何枚か出てきた。その時だった。

「夢にでてきた異人さんはこの方です!」

お梅はそう叫ぶと、ショックで気を失いかけた。マクドナルドが真っ黒な顔で夢に出て来たというのは、瓦礫《がれき》に阻まれて焼死したことを意味する。マクドナルドの魂もそうして時々わが家を訪問したようだ。

さて、話は１９３４年に戻る。ホテル勤務の疲れとマクドナルドの死が骨身にこたえて不調だった一雄に、親しい知人が「お父様の思い出をお書きなさい」と勧めた。一雄はその勧めを受け入れ、定職にはつかず、執筆以外の時間は趣味に熱中してい た。その頃は、まだハーン著作の印税もあったのでまずまず悠々自適な生活が送れたのだった。

当時、一雄は刀剣蒐集に凝っていた。暇さえあれば、懇意にしていた骨董屋《こっとうや》の主人Ｋさんと一緒に銀座や八丁堀《はっちょうぼり》の骨董屋で刀剣を渉猟して歩いていた。ある日一雄は、銀座の骨董屋でふと目にとまったものがあった。それは刀剣ではなく、観音像だった。元禄《げんろく》時代の比較的小型の如意輪観音《にょいりんかんのん》の石仏だ。どうしても庭に置きたくなり、その場で買うことに決めた。衝動買いである。如意輪観音は一切《いっさい》の衆生苦《しゅじょうく》を救い願望を満たすとされる六観音のひとつで、右の第一手は必ず思惟手《しゆいしゅ》、つまり頬杖《ほおづえ》をつき首をかしげて考えるポーズをとっているのが特徴だ。大の男が二、三人がかりでタクシーにのせて中延まで戻り、さっそくそれを庭に置いてみると、なかなか立派な仏様で、竹藪や笹原の茂る庭によく溶け込んだかにみえた。

それからしばらく時がたってからのことだ。喜ばしくないことが少しずつ起こり始めた。一雄を銀座の骨董屋に案内した、仲の良いKさんが急逝してしまった。一雄は相棒を失ったように大いに悲しみ、至福の時間とさえ思えていた骨董屋巡りの楽しみが半減するのを感じた。そしてアメリカとの関係が日々険悪化の一途を辿《たど》り、ついにアメリカ政府は金融資産凍結令発令に踏み切る。つまり米国内にある敵対国日本の外国為替決済用資産を没収するという強硬な経済制裁である。当時の日本の一般家庭ではこのことがすぐに生活を脅かすことは少なかったかもしれないが、小泉家の場合は覿面《てきめん》だった。ハーンが生涯に書いた30冊の単行本はすべて英語で書かれ、アメリカの出版社から出版されていたからだ。中には『知られぬ日本の面影』(*Glimpses of Unfamiliar Japan*)のように26刷にもなるベストセラーがあって、アメリカから送金される印税で何とか暮らしていくことができていた。一雄が定職につかなかった中延時代はこの印税こそが生活の糧になっていた。資産凍結はただちに生活を困窮に追い込んだ。

そんな中、今度は九州にいた家主が東京勤務になったと戻ってきた。そして、「今までの家賃を払ってすぐに出て行け」というのだ。どうしても空き家にしたくないので、家守をするように懇願されて、いやいや桜新町から引っ越してきた一雄一家にとってみればこんな身勝手で理不尽な話はなかった。しかし、有無を言わせず、「出ていけ」と言われてそれに従うしかなかった。

一雄は、この家を離れる最後の日に、腹に据えかねて喜久恵が使っていた香水の瓶を忌々《いまいま》しい例の石仏めがけて思い切り投げつけた。すると、瓶が割れて、こぼれでた香水が如意輪観音の額を伝ってぽとりぽとりと滴り落ちた。その時だった。

如意輪観音が一雄の方へ視線を向けた。そして「にやり」と微笑んだ。さすがの一雄もおののいて一刻も早く立ち退かねばと心に念じた。

一家を追い出した主人は、入れ替わりに中延の自分の家で住み始めた。しかし、1年とたたぬうちに、謎の病で世を去ってしまったのだ。そのため、この家は再び居住者を探して売りに出されることになった。ようやくある政治家がこの家を買うことになり契約が結ばれた。それからほどなくして、その政治家は暗殺されてしまった。

もうここまでくると祟りの連鎖が止まらなくなる。なぜもっと早く気づいてお祓《はら》いをしなかったのだろうか。じっさい、一雄は、観音像を一緒に買いに行った骨董屋のKさんが亡くなった頃から、「何かこの像は怪しい」と、うすうす感じていたようだ。そして早く手放したいと思い、何軒かの近くのお寺の住職に相談したが、どういうわけか、お祓いも受け入れも体《てい》よく断られてしまったのだった。

時は過ぎて、ハーンの没後50年にあたる1954（昭和29）年、一雄は何か記念のものを上梓したいと考えていた。考えたあげく、父からの個人授業の思い出を綴る本をつくろうということになった。なぜ、10歳の時に他界したハーンの個人授業で1冊の本が書けるのか。それは、ハーンが一雄を小学校にあげずに自宅でホームスクーリング（在宅教育）をしていたからだ。一雄がひ弱だったこと、中学校からアメリカに留学させようと考えていたこと、また日本の教育は記憶力偏重で、人間が生きる上でもっとも大切な想像力が育まれないという危惧《きぐ》からだった。

ハーンは「私、大学で幾百人の書生に教えるよりも、ただ一人の一雄に教える方、何ぼう難しいです」とこぼしながらも、一雄が5歳になる頃から、出勤前と帰宅後の一日3時間を息子への英語を中心とした個人授業の時間と決めて、お盆であろうと正月であろうと、それを実行した。

習い始めのころは一雄にとっても大きな苦痛であって、「妙に口を開けたり舌を廻したりして恥しい音を出さねばならぬ英語・・・それが明瞭にいえないと、たちまち叱られるし、勉強中は姿勢を崩しても叱られる窮屈なもの」だったと述懐している。でも、後にはアンデルセンの童話集やイギリスの民俗学者、アンドルー・ラングが編集した妖精譚などを読むようになって、西洋の物語に興味が出始めた。

この時にテキストに使った本は現在でもわが家に29冊残っている。これらの書籍にはたどたどしいカタカナでいっぱい書き込みがしてある。これはハーンがレッスンの予習をした時に書き込んだものだ。また、漢字まじりの日本語も散見されるが、これは一雄の書き込みで、後に八雲高等女学校で教えていた時にあらためてこのテキストを紐解いて、授業に生かそうと書き込んだものだ。テキストを見ていると、厳しくも愛情に満ちた父子の息遣いが感じられる。

さて、一雄が書いた記念の書物は『リ・エコー』(*Re-Echo*)と命名され、1957(昭和32)年にアメリカのカクストン社から出版された。イソップ物語、中国の昔話、北欧神話、ギリシャ神話などからハーンが選んで再話・再創造して一雄に語り聞かせた話40話以上が、そのままの語り口で収録されている。そして一雄の親友でマッカーサー元帥の軍事秘書だった、ボナー・フェラーズの令嬢ナンシーさんに編集を依頼した。ナンシーさんは序文の中で「本書は10歳の少年の繊細な感情の中に東洋世界と西洋世界の出会いをみることができる」と記している。なおボナー・フェラーズについては別章であらためてお話ししたいと思う。

“*Re-Echo*”とは直訳すれば「木霊返し」。それは、ハーンは自分の書いた『怪談』をはじめとする再話文学は、原話の「エコー(木霊)」に過ぎないといつも家族に語っていたからだ。自分の文章には自信とこだわりをもつ作家だったが、再話文学についてはそんな謙虚な受けとめ方をしていた。

この本の表紙も一雄自身が描いた水彩画で、実にインパクトのあるものに仕上がっている。遠景に竹藪と三本の杉があり、手前の笹原に思惟のポーズをとる例の如意輪観音の石像が大きく描かれている。その上に、呪いを食い止めるように大きなカラスが一羽、足の爪をしっかりと石像に食い込ませてとまり、後ろを振り返って睨んでいる。これは、まさに中延の家の思い出だ。そしてカラスは前述したようにハーンであり一雄でもある。小泉家の当主の化身に相違ない。このいわくある仏像への怖れと呪いを自分で阻止しようという強い思いを見て取れる。

さらに時を経て昭和30年代のこと、当時小泉家は世田谷区の玉川瀬田に住んでいた。この家は、民俗学者で新体詩人の柳田國男の令兄・井上通泰の別荘・南天荘《なんてんそう》を譲り受けたものだった。井上通泰とこの家の詳細については次の章で紹介する。

父の結婚が決まり、南天荘の敷地内に15坪ほどの数寄屋風の家を建てることになった。そして一雄のアイディアで、２００坪ほどの土地に起伏があって野性味のある庭をつくることにした。１９６０（昭和35）年頃のことだ。あるお寺のご住職の紹介で

『Re-Echo』の表紙

出入りするようになった府中《ふちゅう》の植木屋のTさんが、一雄にこんな話を持ってきた。

「だんな、ちょっとお願いがございまして。江戸時代は元禄年間につくられた実に見事な石の如意輪観音を知り合いが預かっておりましてね。今、玉川瀬田で庭を造成していると言ったら、ぜひ、そのお宅の庭に置いていただくように頼んでくれと言われたんです」

一雄は、あの石仏に違いないと直感した。

Tさんを信頼していたが、それだけは勘弁してほしいと固辞して、その話は丁重にお断りした。

私は、この庭の造成が無事に終わった1961（昭和36）年に生まれている。自分の記憶にはないが、首をかしげて頬杖をつくくせが目立ったらしい。眠っているときも無意識のうちにそんな恰好《かっこう》をしていたようだ。一雄は家族によくこんなことを言っていた。

「やはり、この子は、如意輪観音の生まれ変わりだよ」

それって、あの呪いの石仏のことなのだろうか。それだけはさすがに御免こうむりたかったが……。

私は後に、石仏の話を持ち込んだ植木屋のTさんを慕って夏休みや春休みにはランチタイムを一緒に過ごすようになった。母に同じようにアルミニュームの容器に入れたお弁当をつくってもらい、一緒に縁側に座って田植えの話や府中の祭りの話などを聞きながら食べるのは、一人っ子にとって大きな楽しみだった。そんなある時、どんくさい私が縁の下にある蟻地獄《ありじごく》を覗いていて、うっかり足をすべらせまっさかさまに石の踏み台へと頭から転落しかけたところを、Tさんは自分のお弁当を放り出して私を抱えてくれた。なんて逞しい人だろうと感激した。少なくともわが家にはいないタイプの人だった。お陰で命拾いして今日まで生きている。

Tさんは、夕方、庭仕事が終わると坂を下ったところにある二子玉川商店街の地蔵屋という古びた酒屋に寄ってコップ酒を1杯呷《あお》り、続いて筋向いの魚源というこのあたりで唯一の魚屋に寄り、数キレの鮪《まぐろ》の赤身の刺身を食べてから国領《こくりょう》行の小田急《おだきゅう》バスに乗って帰って行った。大人になるとこんな楽しみがあるものかと子供心に思ったものだ。

# 第12章　お化け屋敷の思い出

柳田國男の次兄である井上通泰（1866〜1941）は柳田國男を文壇へ導いたといわれている。ちなみにふたりは兵庫県神崎郡福崎町《かんざきぐんふくさきちょう》（旧田原村《たはらむら》）の松岡《まつおか》家に生まれたが、通泰は1877（明治10）年に井上家の養子となり、國男も1901（明治34）年に柳田家に養嗣子《ようしし》として入籍した。私の恩師で柳田國男の秘書のような仕事をしていた故鎌田久子《かまたひさこ》先生からこんな話を聞いたことがある。

「柳田先生は次兄の通泰先生にとても感謝しておられて、奥様に『井上の兄には父に接するようにしてくれ』とよく言っておられたわ。また、砧《きぬた》（現在の成城）に住んでおられた柳田先生は時々南天荘に立ち寄って、砂糖湯を飲むのが楽しみだったそうよ」

さて、井上通泰は世田谷区の玉川瀬田に南天荘という別荘を建て、主として週末に執筆や文学的活動を行っていた。通泰は眼科医を生業《なりわい》としていたが若い頃から桂園派《けいえんは》の和歌に親しみ、歌人・詩人としても活動し、森鷗外《もりおうがい》とは生涯の交友を結んだ。また晩年は貴族院議員もつとめていた。通泰の死後、令息・泰忠の所有となっていた南天荘が売却されるという話を知った一雄はその話に飛びつき、不動産屋を通じて井上泰忠に購入の希望を伝えた。1956（昭和31）年のことである。

南天荘は標高40メートルの台地の上にあった。この台地は大田区の嶺町《みねまち》付近から田《でん》園調布《えんちょうふ》、瀬田、成城、深大寺《じんだいじ》を経て国立《くにたち》市と府中市、小金井《こがねい》市と国分寺《こくぶんじ》市の境を通りぬけて武蔵村山《むさしむらやま》市に至る。つまり多摩川《たまがわ》の河岸段丘の崖《がけ》の上にあったのである。

当時一雄は渋谷《しぶや》の猿楽町《さるがくちょう》に住んでいたが、しばしば多摩川を訪れ、その周辺への転居を望んでいた。まず小泉家に残る、南天荘購入の前後に交わされた小泉一雄と井上泰忠の往復書簡からその状況をたどってみることにしたい。

1956年7月15日付の井上泰忠より小泉一雄宛書簡では、「御話のございました家具及風呂《ふろ》桶《おけ》何卒《なにとぞ》御遠慮なく御申出て下さいませ」とあり、建物だけではなく、当時まだ南天荘の内部には家具も残されていたことがわかる。じっさい、そのときに譲り受けた書架と棚板は今も小泉家に存在し、いずれも現役で活躍中だ。とくに書架は私がいただいて松江の勤務先短大の研究室で、おもにケルト、妖精関係の書物を入れる書架として愛用している。

翌月8月23日付書簡では井上通泰自筆の短冊を贈る旨が記されている。

お手紙のおもむきでは玉川の方へ御引移り遊ばした由、私もホッと致しました。（中略）さてかねて申し上げて置きました亡父短冊実は早く御手もとに差上げたいと存じて居りましたが渋谷の方へ御送りして万一行違いになってはと差控えておりました。御引移りになったとの御報を得ましたので別便にて御目にかけます。

その好意に対し、一雄は大いに感激し、8月28日付で次のような返書を書いている。

さて此《こ》の度は年来待望致し居りし御先考の御手跡の御短冊御恵送賜りし事無上の嬉しさに何と御礼を申し上げてよいやら言辞にこまる次第にございます。故先生の御遺筆は至って御数少なき由拝承《はいしよう》（中略）御懇情有難く大喜悦の裡《うち》にも何となく心苦しく存じ上げます。（中略）早速雲版に挿入、床脇の壁上に掲げ香を焚《た》き一同にて礼拝申し上げました。

通泰の短冊を床の間に掲げてお香を焚いて拝んだというのは、いかにも一雄らしい優雅な行動だと思う。それに対し、さらに、9月4日付で「御手紙ありがたく拝見いたしました。あんなに迄《まで》喜んで頂き私としてただただ感激の裡に拝読しました。かえって恐縮に存じます」という返書が届いている。

手紙の遣り取りのみにとどまらず、井上泰忠は何度か小泉一雄を訪問し、ウィスキーのグラスを傾けながら歓談していたことを父・時が記憶している。小泉家では、剛胆な印象からの誤解なのか、泰忠がスパイであった。という説がまことしやかに語られていた。これはあくまで父の口伝だが、泰忠はこんな武勇伝を楽しそうに語ったという。

陸軍に入隊した際、軍医官から「酒が飲めるか」といわれ、「飲める」と言ったら、「明日の朝、ウィスキーをラッパのみして、馬で馬場を走って来い」といわれ、実行した。最初はふらふらして馬で走れなかったが、次第になれてきた。これでいいといわれ、スパイとして、スイスに行かされた。表向きは新聞記者ということだった。仲間の新聞記者からおまえはいつ記事を書くのかといわれ、ひやひやした思いを何度もした。スパイという職業には、心身両面のタフさが求められることは容易に想像がつくので、その適性検査だったのだろうか。

井上泰忠が来た時、気前のよかった一雄は、米軍からもらったウィスキーを振る舞った。気分をよくしたのか、泰忠は自分の過去の武勇伝を多く語っていったようだった。一雄はハーンの研究者と父のことを話すより、こんな肩の凝らない座談を心から愛していた。

泰忠によれば、父・通泰は厳格で家ではいつも威張《いば》っていた。そして、南天荘は建設時にもまたその後の管理においても通泰の弟子で、近世学芸史の学者・森銑三《もりせんぞう》に委ねていたという。そこで、森銑三による井上通泰と南天荘の思い出を記した一文も紹介しておくことにする。

書庫は一階建で、四方の棚に和装本、洋装本が一杯に列んでゐる。高いところのは、梯子を掛けて取るやうになつてゐる。先生は何でも整然としたのが好きで、和本の置き方なども、一紙（一糸）乱れずといふ風に正しく積み重ねてある。（中略）先生は癸亥《みずのとい》の震災（筆者注・1923年の関東大震災のこと）に全部の蔵書を焼かれた。玉川の別荘の書庫のはすべてその後の蒐集だつたのであるが、僅《わず》か三四年にして庫に充つる蔵書を得られたことが、先生には何よりも嬉しさうだつた。（中略）その後は玉川の書庫も、控屋も、閉ざされたまゝで日を経てゐることであらうと思ふと、私はそれだけでも淋しい。庭に一株植ゑられた萬葉集新考《まんようしゆうしんこう》完成記念の銀杏《いちょう》の樹は、ますます大きくなつてゐるであらうか。先生の賞でてその名を負はされた庭の南天は、勢はよいであらうか。

（森銑三「井上通泰先生の追憶」『日本古書通信』1941年9月5日号）

引用の文末にある『萬葉集新考』は、1915（大正4）年から1927（昭和2）年に上梓された20巻からなる万葉集の研究書で、完成記念に植樹された一株の銀杏は私が小学生の頃にはすでに大木となっていた。毎年晩秋にはあの独特な臭いとともに銀杏《ぎんなん》の実を落とし、ご近所の人たちまでビニール袋持参で拾いに来ていたのを覚えている。幾株かの「南天」も健在だった。1975（昭和50）年頃のこと、私が中学生になったのを機に、南天の木に囲まれた庭の一隅を整地し、プレハブ小屋を建ててもらった。これが私にとってはじめての個室の勉強部屋となったが、そこに「新南天荘」という手作りの表札を幾日もかけて作り、入り口に掲げたことは今も忘れられない思い出だ。

南天荘は母屋と書庫からなっていた。父の結婚を機に庭内に家を建てることになり、南天荘の母屋を一部壊した。父は普請中は書庫で寝ていたが、かび臭《くさ》く湿気の多い書庫で、なぜ大谷石《おおやいし》などで書庫をつくったのだろうかと訝《いぶか》っていた。しかし一雄夫婦は、湿気はあるけどその方が暖かくてよいと勧め、両親が結婚してからも最初のうちは書庫で寝ていた。新居に移ってからは、今度は一雄夫妻がしばらく書庫を寝室にしていた。1960（昭和35）年、新居ができてまもなく書庫は壊し、書庫の大谷石は塀と踏み石に使用した。この新居というのが、例の呪われた如意輪観音を庭に置いて欲しいと頼まれ、あわてて断った経緯のある玉川瀬田の家である。そして南天荘の母屋と書庫は1973（昭和48）年頃までにすべて解体された。

井上家と小泉家には、このようにすでに次世代になってからの交友があった。そのためか、私が子どもの頃から、南天荘、井上通泰、柳田國男といった名前を両親や祖父母から聞き、何となく親しみを感じていたのだった。日本の『怪談』や世界の超自然的な物語を蒐集、再話した作家の子孫が、『遠野物語』や『妖怪談義』を著した民俗学者のお兄さんの家に住むということに正直、奇縁を感じている。

私は1961（昭和36）年7月10日のコジュケイが「ピーコロピー」とにぎやかに囀《さえず》る明け方に未熟児でこの世に出てきた。玉川瀬田の新居から7分ほど崖を下ったところに、当時、東急の大井町《おおいまち》線と玉電《たまでん》（玉川線・砧線）という路面電車の二子玉川園駅があり、駅前を走る国道246（大山《おおやま》街道）のすぐ北側にあった森本《もりもと》産婦人科というところで生まれた。このあたりでは唯一の産婦人科医院だった。

お産が近付き母が入院したある日、一雄が散歩がてら見舞いに訪れた。すると待合室で思わず一雄は驚きの声をあげてしまった。小泉家ではおなじみの松江の宍道湖の夕景の写真が掲げてあったからだ。一雄は松江に対しては複雑な思いを抱いていたが、ホウトン・ミフリン社から *The Writings of Lafcadio Hearn*（ラフカディオ・ハーン著作集）を出すときなど、出版社から派遣されたバートン・ホームズという写真家と一緒に長く出雲を旅し、宍道湖の夕景の撮影にも立ち会い、あの風景にはとりわけ思い入れがあった。

さっそく森本院長に尋ねてみた。

「はい、実家は松江の雑賀町なんです。私はあそこで古くから産婦人科をやっている森本の弟で、東京に出まして、最近、この場所で開業しました。宍道湖の夕日の美しさは東京へ出てからも忘れられません。だから待合室にかけています」

こんな説明をされた。そして、松江とあんな深い縁のある小泉家が瀬田に住んでいることを院長は大いに驚かれたようだった。

森本正昭《まさあき》先生は今も健在で、しかもほとんど当時と同じ場所のビルの3階で女性診療科を開業しておられる。このあたりは玉川高島屋《たかしまや》ができてから激変し、さらに近年の再開発でも大きく変貌をとげている。でも森本先生はそこで半世紀以上にわたって地域の患者さんたちと向きあっている。

私の妻は息子がおなかの中にいるとき、松江から大阪まで四十曲峠《しじゅうまがりとうげ》を通る高速バスに乗った。その後、走り始めたばかりの新幹線のぞみ号で東京に来たころにはすっかり具合がおかしくなってしまった。その時、すでに私の両親は町田《まちだ》市つくし野に引っ越していたが、さっそく玉川の森本医院を訪ね、診断していただくと予想通り逆子になっていた。でもやさしい笑顔で、「これから右を向いて寝るようにすれば、すぐ元通りになるから安心しなさい」といわれ、事なきを得た。それから数ヵ月ほどして、息子は松江市雑賀町の森本医院で生まれた。森本正昭先生の実家である。甥《おい》にあたる紀彦《のりひこ》先生が家業を継いでいる。こんな偶然なことがあるのだろうかといまも不思議に思っている。息子には、ハーンが松江ではじめて行った講演のタイトル「想像力の価値」にあやかり、想《そう》とつけた。日本人の乳児の99・5%にあるという蒙古《もうこ》斑《はん》はなかった。それは私も同様で、五代続く異人の血の証《あかし》なのかもしれない。

玉川瀬田の小泉家。祖父母、母、幼少期の筆者

さて、南天荘の隣に建てた数寄屋《すきや》風の小さな家で私は育まれた。この家の周囲はまだまだ大きな欅《けやき》の木や雑木があり武蔵野台地の一角を実感できる環境だった。朝はコジュケイ、鶯《うぐいす》、キビタキといった鳥たちが庭の井筒に集まり、昼間はクロアゲハやアオスジアゲハ、キアゲハなどの大型の蝶《ちょう》やオニヤンマなどが姿を現す。ハーンがその声をとりわけ愛した山鳩は、日中、ずっとどこかで鳴いている。わが家の塀はブロックではなく、父が植木を剪定《せんてい》した時に出た小枝を拾い集めて棕櫚縄でしばり、それを繋げた素朴な垣根だった。ある晩夏の夕方、その垣根にルリタテハという瑠璃色《るりいろ》にクリーム色のラインの入った蝶を見つけ、

あわてて捕虫網を持ち出して捕獲に成功し、自慢げに標本をつくったことも。リスやムササビも時折姿を現し、夜にはきまってアオバズクが鳴く。夏場の夕方と明け方にやってくる湧き立つように勇壮な蟬《せみ》しぐれは、今も耳底に残っている。

家が小さすぎて荷物を収納する場所もなく、その割に庭が200坪もあって、何でこんな不合理な家の建て方をしたのだろうかと不満を感じることもあった。しかし、ハーンはこんな家が理想の家だった。それについてセツは「淋しい田舎の、家の小さい、庭の広い、樹木の沢山ある屋敷に住みたいと兼々申していました」と振り返る。まさにそんな家である。

またハーンはお化け屋敷のような宿を面白いと好む人だった。熊本時代にハーンとセツは隠岐へ旅した帰り、境港から下関へ行く船が来ないので陸路中国山地を人力車で越えたことがあった。夜十時頃に岡山・鳥取県境あたりの裏さびた村の宿に旅装を解いた。玄関には怪しげな男たちがたむろし、通された2階の部屋は小さなランプがひとつあるだけ。部屋の中を蛍《ほたる》がスイスイと飛び回り顔や手にはピョイピョイ虫が投げつけるように飛んで来て当たり、膝《ひざ》のところで松虫が鳴く。梯子段《はしごだん》はギイギイと音をたてる。時折、あの男たちの声がする。老婆に虫のことを尋ねると「へい、夏虫でございます」と答えるだけだった。

ハーンは「面白い、もう一晩泊まりたい」というのだった。箱根《はこね》あたりの行き届いたサービスをする宿には何の関心も示さなかった。

瀬田の家をみているとそんなDNAが一雄にもあったのだと納得する。

当初、家の南側は第一銀行の広大な敷地だったが、そこをセント・メリーズ・インターナショナル・スクールが買い、やんちゃな日米の子どもたちが家の前を通って通学するようになった。その子どもたちから、いつしかわが家は「お化け屋敷」と呼ばれるようになった。ある夏の日に窓を開け放っていると、「ここはさ、あの怪談を書いた小泉八雲が住んでいた家だからこんなお化け屋敷みたいなんだぜ。おい知ってたか？」と、生徒たちの会話が聞こえてくる。確かにそう見えても仕方ない佇まいである。おまけに隣は寺の墓地で、前述した新南天荘と名付けたプレハブ小屋で寝起きしていた時には、ブロック塀を隔ててわずか数メートル先で塔婆がカタカタ揺れていた。そうしていつしかこの家の居住者のこともうわさ話として伝わったのだろう。もちろん八雲はこの家ができる半世紀以上前に世を去っているのが真相だが。

この家で祖父・一雄と過ごした思い出は幽《かす》かだが、白いひげを蓄えていつも万年筆を走らせている人だった。私が近づくと、膝に抱き上げ、万年筆を鉛筆に持ち替えて私が好きな乗り物の絵を描いてくれた。庭掃除を一緒にしたり、砧のファミリーパーク、ちょっと足を延ばして田園都市線と川崎市営バスを乗り継いで王禅寺《おうぜんじ》あたりまで野草摘みに出かけたこともある。23区内唯一の渓谷である等々力《とどろき》渓谷も散歩の範囲内だ。決して水がきれいだとは感じなかったが、なぜこんな近くに渓谷があるのか不思議だった。思い返すにつけ、国分寺崖線の恵みを有難く感じる。

幼稚園から戻ってくると、しばしば翻訳家の平井呈一《ひらいていいち》さんが来訪されていた。一人っ子でしかも徒歩で30分もかかる離れた私立の幼稚園に通っていたこともあり、帰宅後は一人ぼっちでいることが多かった。そんな中で、平井さんはいつも「一緒に、電車ごっこして遊びましょう」と声をかけ、私が駅員になり、平井さんがお客さんになって切符を買ってくれた。いつも「新原町田《しんはらまちだ》」（当時小田急線の町田駅はそう呼ばれていた）か「君津《きみつ》」という地名が出てきたのを覚えている。平井呈一さんは永井荷風《ながいかふう》の門人で東西の怪談に精通した文人として知られ、荒俣宏《あらまたひろし》さんの最初の師匠でもある。恒文社版の『小泉八雲作品集』はすべて平井さんの訳だ。創元推理文庫シリーズも多くの人たちが平井訳を通して今日まで楽しんでいる。そんな偉い人とはつゆ知らず、私にとってはいつも一緒に遊んでくれる齢の離れたおじいさんの友達だった。

さすが老舗和菓子屋・うさぎやの店主の弟さんで、その美しい江戸弁はなんとなく耳に残っている。いつも粋に着物を着流していて一度も洋装など見たことはない。ただ、雷だけが苦手な人で、雷雨になると、華奢《きゃしゃ》な体を震わせるようにして怖がっておられた。そして母に「ママちゃん、すまないけど今夜も御厄介になります」と告げた。そして瀬田の狭い「お化け屋敷」に幾晩か泊まっていかれた。そんな時には必ず母がうさぎやさんに「一晩おあずかりいたします」と電話していた。

今思えば、こんな怖がりのおじいさんがよくも世界の怪奇小説や怪談を翻訳したなと思うほどだ。でもわが家の人たちはこんな平井さんが大好きだった。

多くの思い出をもつこの「お化け屋敷」に1986（昭和61）年まで住んだ。もともとここの土地は寺の土地だったが、その頃、事情があってわが家は立ち退くことになった。何となく住みなれた東急沿線がよくて田園都市線のつくし野へ引っ越すことにした。引っ越しを終えて間もなく私はひとり両親のもとを離れて松江にIターンして就職した。これに関しては「先祖から呼ばれた」という類のことを言うつもりはなく、自分の意志によるものだ。でも世間からは奇縁だと思われているようだが。

松江に移って5年ほどたった時のこと、旧友からこんな連絡があった。

「凡ちゃんが住んでいたあの、瀬田の家だけど、あの家まだ残っていて外国人の芸術家の人が住んでいるらしいよ。そして家と環境が余りにも素敵なので保存したいと運動を始めているみたい。一度会ってみたら」

そして当時、ある週刊誌にもそのことが掲載された。

記事によれば、その家に住んでいるのは小林《こばやし》テレサというアイルランド系のアメリカ人で、ある時、天井を突き破って「小泉八雲」と書かれた棟札《むなふだ》のようなものが落ちてきた。驚いて調べてみると、ここにはかつて小泉八雲の子孫が住んでいたことがわかった。何ということだろう、ここに自分が住んだのもアイルランドの先祖がもたらした何かの縁だから、ぜひ、この家とこの環境を守りたいと動き出したという経緯らしい。

その後まもなく妻と一緒に帰省した折に、瀬田の家で小林テレサさんとお会いした。"Welcome back!" ようこそお帰りくださったと心から喜ばれた。とても淑《しと》やかで日本人的な顔立ちの女性だった。でも強い信念をもっている人だと感じた。

「23区内でこんなに豊かな自然が残っているところは他にはあり得ないし、自分は上《かみ》野毛《のげ》の多摩美術大学でも教えているのでこの場所は最高です。とにかく創作活動をするには最適な場所です。私の父方にはアイルランドの血が入っているし、ラフカディオ・ハーンも大好きです。だからこの家を守ることは私の使命です」

週刊誌に書かれていた棟札のようなものが天井から落ちてきたことも、まさにその通りだという。私が子どもの頃、すでに家の半分の天井紙は焼けて紙魚《しみ》だらけになり、剝《は》がれかかっていた。とくに寝室の天井はひどかった。それが風でゆらゆらと動くのを横になって眺めていると、超自然の生き物の存在を感じたものだ。棟札は一雄がこの家を建てた時に天井裏にそっと置いていたのだろう。一雄だったらきっとそういうことをしたに違いないという確信を覚えた。

中延の家においた如意輪観音の呪いによって追い出されるように、次々と転居していった小泉家。柳田國男の令兄の家を買ってようやく落ち着いた。この家は八雲が亡くなった西大久保の家を出てから11軒目にあたる。その家を増築したり新築したりして「お化け屋敷」と子どもたちに叫ばれながら四半世紀を過ごした。その家が、アイルランドと日本の血をもつアーティストによって保存されようとしたことに、縁の力を感じてしまう。

# 第13章　七つまでは神のうち

ハーンは輪廻《りんね》の思想を尊ぶ人だった。1891（明治24）年8月27日、旅先である島根県の美保関《みほのせき》からこんな手紙をチェンバレン教授に送っている。チェンバレンは『古事記』の英訳者で、ハーンとは深い親交を一時期結んだ日本学者である。松江赴任についても仲介役のひとりになった人物だ。

それから前世と輪廻の教義《クリード》は——その来世におけるいくたびもの誕生の約束と、——冥途（*Meido*）への旅立ちに関して恐怖を抱かぬことをもって、人生にどんなに美しい影響を与えていることでしょう。人はほんの一滴二滴の涙を流すだけで、あたかも外国への長い旅、といっても、いつもよりはいくらか長いだけの西か南への航海に出かけるように、その冥途への旅に出るのです。

（『ラフカディオ・ハーン著作集』第14巻　恒文社）

ハーンが憧憬する古代ギリシャにも輪廻転生の思想があり、とくに紀元前6世紀ごろ活躍した哲学者で数学者でもあったピタゴラスがこの思想を啓蒙した。また、アイルランド人の祖先であるケルト人もこの思想をもっていた。紀元前1世紀頃書かれたカエサルの『ガリア戦記』は、当時もっとも高度な物質文明をもつローマ人からみて、北に住む野蛮な幻の民であるケルト民族の地に侵略した時の記録だが、そこにはこんなことも書かれている。

ケルト人の支配者階級のドルイド僧は、魂は決して滅びず、死後ひとつの肉体から他の肉体へ移るという教えを説いている。これによって死の恐怖は無視され、勇気が鼓舞される。カエサルはこの思想こそケルト戦士の死を恐れぬ強さの所以《ゆえん》だと考えたようだ。

ハーンが文化背景に持つふたつの国には、いずれも霊魂不滅、輪廻転生という思想が堅固に存在した。ハーンはとくに古代ギリシャ人たちについて「子供のように幸福で、またそのように心やさしい人たちですが、同時にとても偉大な哲学者でもあり、今の時代でもわれわれは彼らに教えを乞《こ》うのです。今日、世界が最も必要を感じているのは、この古代ギリシアの幸福とやさしさの精神の回復なのです」(「虫とギリシアの詩」）と言っている。また、アイルランド人の父や親戚たちを最後まで認めなかったが、キリスト教以前のケルト文化への理解は十分に持っていた。

前述したようにハーンはアイルランドの詩人W・B・イェイツにのみ、私にはコナハト出身の乳母がいて妖精譚や怪談を聞かせてくれたので、自分はアイルランドの事物を愛していると告白した。そのイェイツがこんな文章を書いている。

「あらゆる古代の国々は魂の再生を信じていた。そしておそらくラフカディオ・ハーンが日本人の中で見いだしたような実際の証拠を持っていた」（「復活」）

たしかにイェイツが言うように、ハーンは、日本の民衆に伝えられる口承文芸を通して、輪廻転生の思想をあらためて再評価した人だった。いわゆる再生譚をハーンは日本でいくつか再話しているが、その中でも「勝五郎《かつごろう》の再生」はよく知られた話だ。

勝五郎が八歳の頃だった。姉ふさと兄の乙二郎と田の畔《あぜ》で遊んでいる時のこと、「もとは誰の子だったのか」「生まれる前のことは知らないのか」という質問をし、ふたりを驚かせた。

勝五郎はこう言った。

「自分はよく知っている。もとは程窪村《ほどくぼむら》の久兵衛《きゅうべえ》というものの子で藤蔵《とうぞう》といった」

姉と兄はそのことを勝五郎の願いを聞き入れて親には言わないことにした。しかし、両親や祖母は、ふさが「いうことを聞かないとあのことを言うよ」としばしば勝五郎を窘めるのを見るうちに、何か隠し事があるようだと勘づき、勝五郎をなだめすかして口を開かせた。すると勝五郎はこう答えた。

「自分はもと程窪村の久兵衛の子で、母の名はおしづといいます。小さい時に久兵衛は死んでその後に半四郎《はんしろう》という人が来て父になりました。ぼくを愛して養ってくれましたが、ぼくは六歳の時に死んでこの家の母のお腹の中に入って生まれたのです」

その後、祖母つやが夜毎勝五郎に添い寝をしたが、ある晩、勝五郎はこう言った。

「程窪村の半四郎のところに連れて行ってください。あちらの両親に会いたいです」

その後も毎晩、このことを言うので、祖母は、「ならばここへ生まれてくるまでの話を詳しく話してみなさい」と言った。

そこで勝五郎は、今から話すことは両親以外の人には決して口外しないでほしいと前置きして語り始めた。

「前世のことは四歳ばかりまでは何でもよく覚えていました。しかしそれから先の事はだんだん忘れっぽくなって、いまではたいていのことは忘れてしまいました。しかしそれでも私が疱瘡《ほうそう》で死んだことは覚えています。私は甕《かめ》に入れられました。山に埋められたことを覚えています。土中に穴が掘られて、皆は甕をその穴に入れました。ぽんと落ちました。――私はいまでもその音をよく覚えています。それからどうやったのか家に戻って来て、私の枕の上にとまりました。すぐに誰か年取った人が――誰かお祖父《じい》さんらしかったけれど――やって来て、私を連れて行きました。その人がどこの誰だか知りません。私が歩いて行った時、空気の中をまるで飛ぶように進んで行きました。その時のあたりの様子は夜でもなければ昼でもなかった。いつでもちょうどたそがれ時のようでした。熱も寒気《かんき》もひもじさも覚えませんでした。私たちはずいぶん遠くへ行ったように思います。しかしそれでもいつまでも、かすかでしたけれど、家で話している人々の声も聞えました。それから私のために上げてくれる念仏の声も聞えました。また家の者が仏壇に温かな牡丹餅《ぼたもち》のお供えをしてくれた時は、その湯気が香《こうば》しくにおった……お祖母《ばあ》さんたちは亡くなった仏様たちに温かい御飯をお供えし、お坊様たちにお布施《ふせ》を上げることを決して忘れないけれど、こうしたことはとても功徳《くどく》のあることのように思います。……その後で覚えていることといえば、そのおじいさんがどこか回り道を通ってここへ連れて来てくれたことでした。――私たちが村の向うの道を通ったことを覚えています。それからここへやって来ると、おじいさんはこの家を指して、『この家に入ってお生まれ』といいました。おじいさんが言うには私が死んでからもう三年が経《た》っており、私はこの家に生まれかわるはずになっている。私のお祖母さんになるはずの人はたいへん親切だ。それだからここでお腹にはいって生まれるがいい、というのです。そう言ってから、そのおじいさんは行ってしまいました。私はしばらくこの家のはいり口の前の柿の木の下にたたずんでいました。それから家の中にはいると、誰かが、家は貧乏でお父さんの稼ぎは少いから、お母さんは江戸へ奉公に出なければなるまい、と話していました。それで私は、この家にははいるまい、と思って三日間庭で様子をうかがっていました。しかし三日目になって結局お母さんは奉公に行かぬことになったので、その夜、雨戸の節穴から家の中へはいりこんだのです。それから竈《かまど》の側に三日いて、それからお母さんのお腹の中へはいりこんだ。……生まれた時は何の苦しみもなかったことを覚えています。お祖母さん、お願いだから、この話はお父さんお母さんのほかは決して誰にもしないでくださいよ」

祖母は源蔵（勝五郎の父）とその妻に勝五郎が自分に言った話を繰返した。するとその後は少年はもう気楽に自分の前世のことを自分の両親と話すようになり、よく両親に向って、

「程窪へ行きたい。久兵衛さんのお墓詣りをしたい」

と言った。源蔵は勝五郎が一風変った子供なので、多分あまり長生きしないのではないか、と思い、それならば程窪に本当に半四郎という人がいるのかどうかいますぐ調べた方が良い、と思ったが、しかし男である自分が（こうした事情の下で？）自分から調べに出向くのは軽率で出過ぎたことになると思い、自分自身出向く代りに、自分の母のつやに頼んで、その年の一月二十日に孫の勝五郎を連れて程窪まで行ってもらった。

つやは勝五郎と一緒に程窪へ行った。村にはいった時に祖母は手前の家をさして、

「この家か、あの家か」

と問うたが、勝五郎は、

「まだ先だ。もっとずっと先だ」

と言って先に立って行き、やがてとある家に着くと、

「この家だ」

と言って祖母より先にかけこんだ。それでつやもついてはいった。そして主人の名前を問うと、

「半四郎」

という答だった。妻の名前を問うと、

「しづ」

という答だった。そこで祖母はその家に前に生まれた男の子で藤蔵という子供はいたかどうかとたずねると、いた、という返事だった。

「しかしその子は十三年前に、六つの年で死んでしまいました」

そこでつやははじめて勝五郎の言うことが本当だと思い、思わず涙をこぼした。つやはその家の人に勝五郎が自分に語って聞かせた前世の思い出について一伍《いちぶ》一什《しじゅう》を物語ると、半四郎と妻もたいへん驚いて、勝五郎を抱いて涙して、藤蔵が六つで亡くなった時よりずっと可愛いい、などと言った。そうこうする間に、勝五郎はあたりを見まわし、半四郎の家の向いの煙草屋の屋根を指して、

「前にはあの屋根はなかった」

とか、

「あの木もなかった」

とか言ったが、みなみなその通りであったから、半四郎の頭からも妻の頭からも疑念はまったく消えて、これは藤蔵の生まれ替りに相違ない、と思うようになった。

その日、つやと勝五郎とは中野村の谷津《やつ》入《いり》へ帰ったが、その後、源蔵は息子を何度

か半四郎の家へやり、前世の実父久兵衛の墓詣りもしたいというから、そうさせてやった。

　時々勝五郎はこう言った、

「おれはののさまだから、どうか大事にしてくれな」

　またある時は祖母に向ってこう言った、

「おれは、十六になると死ぬけれど、御岳《おんたけ》さまのお教えにある通り、死ぬことは別にこわかねえや」

　両親が、

「坊様になる気はないか」

　とたずねると、

「坊様なんかになりたくねえや」

　という返事だった。

　村の人はもうその子のことを勝五郎とは呼ばず、もっぱら「程窪小僧」という綽名《あだな》で言囃《いいはや》すようになった。それで勝五郎は恥しがって、人が訪ねて来ると奥に引込んで姿を隠すようになった。それで誰も勝五郎と直接口をまじえることができないようになった。それで私は勝五郎の祖母が私に語った通り、その話を書き記した次第である。

私は源蔵や妻やつやに、なにかとくに善行を施した覚えがあるかどうか尋ねた。源蔵とその妻は別にとくに善行を施した覚えはないと答えた。しかし祖母のつやは毎朝毎晩念仏を唱えるのが習慣で、戸口にお坊様やお遍路さんがやって来れば二文くれなかったことはないとのことだった。しかしこうした些事《さじ》を除けば、とくに善行といわれそうな事はなにもしたことがないとの返事だった。

（平川祐弘訳「勝五郎の再生」『明治日本の面影』講談社学術文庫）

勝五郎が住む中野村谷津入は、現在の八王子《はちおうじ》市東中野で、周辺には中央大学の多摩キャンパスなどがある。藤蔵時代を過ごした程窪村は多摩動物公園から少し北に寄った現在の日野《ひの》市程久保《ほどくぼ》で多摩モノレールには程久保という駅もある。中野と程窪の距離はモノレールの線路では2キロ強。当時は100メートルほどの山越えをするのに5キロほどあったようだ。往時の人々は、この位《くらい》の距離感の中に前世や来世を考えていたのだろうか。ハーンも前世や再生について日本の庶民がごく普通に抱いていた概念がこの物語の中にあると言っている。

私もたまたま2006（平成18）年の上半期の半年ほど、国内留学で中央大学の多摩キャンパスでアイルランド文学、ケルト文化を研究する松村賢一《まつむらけんいち》先生のもとにお世話になっていたことがある。モノレールで高幡不動《たかはたふどう》と中央大学を往復しながら、わずかこれだけの距離の中に、勝五郎再生譚の物語に登場するすべての家や地名が包含されるのかと不思議な思いを肌で感じていた。生まれ変わりの話は全国に数多く語り継がれているが、これだけ物語の中の存在の事実が確認されている例は他には聞いたことがない。後に勝五郎の家を鳥取藩の支藩・若桜《わかさ》藩前藩主の池田冠山《いけだかんざん》が訪ねて祖母・つやから生まれ変わりの話の詳細を聞き、書き留めたことから、この物語は全国的に知られるようになっていく。そして勝五郎は平田篤胤《ひらたあつたね》の学舎・気吹舎《いぶきのや》にも招かれることになる。

それから1年ほどしたある日、日野市郷土資料館から、「勝五郎再生譚」に関する特別展をするので、その最終日に、高幡不動尊のホールで講演をお願いしたいという依頼があった。同館では、２００８（平成20）年9月27日から12月14日まで、「ほどくぼ小僧・勝五郎生まれ変わり物語」という特別展を、日野市立新選組のふるさと歴史館を会場として開催していた。期間中の休日には、勝五郎や藤蔵ゆかりの地を訪ねる見学会も市民向けに行われていた。もはや、日野ではこの物語は、お話ではなく「あったること」として語り継がれる歴史であり、この物語や当事者の勝五郎は文化資源になっていることを特別展のチラシを見てはじめて知った。

講演は「魂の探求者・小泉八雲」というテーマで、ハーンの輪廻転生の死生観への共感について、ギリシャやアイルランドの伝統的な再生の思想に触れつつ話をした。また「勝五郎の再生」のほかに、『怪談』に収録された代表作のひとつ「雪女」も青梅にあった調布という村から小泉家に庭師として出入りしていた宗八かあるいはその娘のお花《はな》からハーンが聞いた多摩の口承文芸であることなどを話した。冷たい雨の降る師走の休日に、400人近い地域の方が集まった。勝五郎の生まれ変わりの話に、こんなにも地域の方たちが関心を抱いていることに正直、驚く。日野市郷土資料館の呼びかけにより、「勝五郎生まれ変わり物語探求調査団」が2006年3月に結成され、勝五郎の前世である藤蔵の家の子孫という方も会員になってフィールドワークを続けていることにも感動した。

そして、藤蔵の家のご子孫であるKさんにお目にかかれたのはまったく意外だった。Kさんの家はいまも日野市下程久保の藤蔵が住んだ場所と同じところにあり、勝五郎の記憶にあった向かい側の「たばこや」という屋号の家もいまだそこにあるという。Kさんはにこやかで大変物静かな年輩の男性だ。「ぜひ、一緒に藤蔵の墓参へ」と、私を誘ってくださり、講演の後、高幡山金剛寺《こんごうじ》（高幡不動）の墓に詣でた。藤蔵の墓を再話者の子孫としてお参りし、なぜかほっとした。そんな機会が訪れようとは夢にも思っていなかった。

勝五郎は、11歳になった1825（文政8）年から平田篤胤の門人となるため江戸へ出たが、1～2年して中野村に戻り、農業の傍ら、多摩地区の特産品である目籠《めかご》の仲買人をして明治2年12月4日に病気のために亡くなった。子どもはなく、養子をとったが横浜に出てしまったという。勝五郎の墓も近くにあったが、現在は八王子市下《しも》柚木《ゆぎ》の永林寺《えいりんじ》に移転している。勝五郎の父、源蔵の家は隣家の当主が継承し多摩市に在住している。これらの詳細は日野市郷土資料館の北村澄江《きたむらすみえ》さんが教えてくださったことだ。

ちなみに、勝五郎が商っていた目籠は私が生まれ育った多摩川中下流域でもよく使われた民具で、かつては12月と2月の8日に家々を訪れるミカエリバアサンという疫病神（妖怪）を避けるために戸外に目籠を高く掲げたものだ。概して関東地方ではこの両日には一つ目小僧のような妖怪が訪れると考えられ、目数の多い籠、笊《ざる》、篩《ふるい》などを門口に高く掲げて退散を祈願したのだった。でも本来は農神や山の神の去来の時期でもあるので、目籠はその依代《よりしろ》だという考え方もある。

さて、勝五郎の再生譚にハーンが反応したきっかけは、松江でおそらく妻のセツから聞いた、赤ん坊が前世の記憶を語る、こんな怪談を知っていたからではないだろうか。

昔、出雲の持田浦《もちだのうら》という村に百姓がいた。たいへんな貧乏暮しで子供が出来るのをおそれていた。それで妻が子供を生むたびに川へ流してしまった。そして世間には死産だったと言っておいた。それはある時は男の子で、ある時は女の子だった。しかしいつも子供は夜、川へ投げこまれた。六人はこうして殺された。

しかし歳月《としつき》が経つうちに、その百姓もすこしは暮しが楽になり、土地を買い、金を貯めることも出来た。そしてついに妻に自分の七番目の子供——男の子が生れた。

すると百姓は言った、「わしらもいまは子供を養えるし、わしらも年を取ると息子に助けてもらわんといけん。それにこの子は可愛いげなええ子だが。ひとつ育ててみらか」

そしてその子はすくすく育った。そして毎日毎日かたくなな百姓はわれながら自分の心根《こころね》の変化に驚きのつのるのを覚えた。というのも毎日毎日、息子にたいする可愛さがつのるのが自分にもわかったからである。

ある夏の一夜、百姓は息子を腕に抱いて庭へ散歩に出た。小さな赤ん坊は五ヵ月になっていた。

大きな月が出て、夜はまことに美しかった。それで百姓は思わず大きな声で、

「ああ、今夜めずらしい、ええ夜だ」

と言った。するとその子が、下から父親の顔を見あげて急に大人《おとな》の口を利いて言った、

「御父《おと》つぁん、わしを仕舞《しま》いに捨《し》てさした時も、丁度今夜の様《よ》な月夜だたね」

そしてそう言ったかと思うと、子供はまた同い年のほかの子たちと同じようになり、もうなにも言わなかった。

百姓は僧になった。

（平川祐弘訳「日本海の浜辺で」『明治日本の面影』講談社学術文庫）

人間の魂は誕生とともに突然発生するのではなく、先祖の魂がある時、ふたたび別の肉体を借りて生まれ変わるという考えが昔の日本には広く行きわたっていた。それをごく自然にハーンは受け止めたのだと思う。

じっさい、子育てを体験してみてこんな不思議なことがあった。

息子が幼稚園に入園する前の3月上旬に家族3人で沖縄の石垣島《いしがきじま》に旅した。知り合いを頼って出かけたので、普通の観光とはちょっと異なる体験をさせてもらった。シャコガイで覆われた無人島を半日かけて歩いたり、石垣島のもっとも大切な祖先祭祀の墓前行事、十六日祭に参加したり、原色の熱帯魚を海で釣り、同行したその家の奥さんから2キロ先の海の中を見なさいといわれてその自然に培われた視力に驚いたりした。

1週間ほど滞在して戻った直後のある晴れた日の日没時だった。松江に住んでいてもきれいな宍道湖の落日は月に一度あるかないかなのに、その日は完璧《かんぺき》な日没だった。私は仕事で留守にしていたが、妻が息子のこんな場面に遭遇した。まさに落日の時だった。

「あっ、ヘルンさんが夕陽を見てすましてる！」

息子が南と西に面した部屋をさして、そう叫んだ。すぐに妻が、

「ヘルンさんどこにいるの？」

と尋ねると、

「ほらそこに！」と言う。

息子はまもなくその時の記憶を失った。

考えてみれば、「すましてる」などという言葉を3歳の子が知っているわけはない。誰かが言わせたのかもしれない。でも、その時には本当に気取ったまじめな顔で夕陽を見つめるハーンをそこに見たのだろう。何の抵抗もなくその言葉を受け入れることができた。石垣島での自然や神々との親しい交渉がより鋭い感受性を導いたのかもしれない。

息子はその頃まではよく白昼夢もみていた。黄昏時になると食卓の下にもぐってしばらく出てこない。でも決して私も妻もとがめなかった。ハーン自身もそんな子どもだったから仕方ないと諦めていたからだ。ハーンは晩年、東大の講義で学生にこう語っている。想像力に富んだ子供は起きていながら夢を見る。彼らは話しかけられている最中にも夢を見、教えられている最中にも夢を見る。愚かな教師は、その子どもの夢を見てぼんやりする性癖を誤解してきびしい言葉を投げつける。その子の夢見る性癖は、想像力があらゆる現実を支配しているからだ。わが子の場合は想像力が支配していたかどうかは限りなく怪しいが、人に預けると「取扱説明書が必要な子」だとよく言われた。夢の世界へ逃避する性癖も、わが家の家系なのかもしれないと半ば諦めている。

日本には「七つまでは神のうち」という素敵な言葉が伝えられている。数え年の7歳は、学校に上がる直前の年齢で、この頃までは、しばしば大人に見えないものが見えたり感じたりして、あの世に連れ戻される危険性も高い。つまり魂が不安定であることを、古の人は何となく体験から学んでいたのだろう。勝五郎が姉と兄に前世を語り始めたのも、彼の魂が神の管轄から人間のそれへと移り変わる頃だった。

もう20年も前のことだ。突然、松江の勤務先に、丹波《たんば》哲郎《てつろう》さんから電話がかかった。用件は、小泉八雲の再話をもとに「勝五郎の再生」を芝居にしたいが、許可をいただけないかという依頼だった。そして、できれば原文をコピーでいいので送ってほしいと言われる。前世を大切にする丹波さんにとってもこの話はとりわけ大事な話だということだった。あの独特の声音は今も耳底から消えていない。

蛇足をひとつ。

藤蔵が勝五郎に生まれ変わった旧中野村にある中央大学の多摩キャンパスを、内地留学の任期を終えて去る日のこと。最寄りの多摩モノレールの駅で当時のパスネットカードを自動改札機に入れた時だった。不思議なことが起こった。機械を通ったカードは勢い余ってか、躍るように数メートルほど空中を飛び改札内の地面に落下した。あわててそれを追いかけ拾い上げるとカードは真っ二つに折れていた。乗り換え駅の多摩センター駅では自動改札機を通すことができず、事情を話したが、そんなことはあり得ないと取り合ってもらえなかった。念のため小田急多摩センター駅の自動改札機にもう一度入れてみたが、「ピンポン」と鳴ってあわてて駅員が出てきた。説明を繰り返すが取り合ってもらえず、おろしたての3000円のカードは無効になった。

「勝五郎のいたずら?」

そんな言葉が頭を過った。

そのことは時がたつにつれて記憶の彼方《かなた》へ押し込まれた。

多摩センターでの出来事からちょうど7年後の2013(平成25)年8月、名古屋からハーンゆかりの地、焼津へ向かっていた時のことだ。焼津には2007(平成19)年に焼津小泉八雲記念館ができて名誉館長をつとめているので、年に数回は出かけている。その時は富山大学で用事を済ませ、高速バスで山越えをし、夕方名古屋に着いた。名古屋から「こだま」で静岡まで行き、東海道線(在来線)に乗り換えて浜《はま》松《まつ》方面へ3駅戻る。静岡では、当然ながら名古屋から静岡までの乗車券と新幹線の自由席特急券、さらにあらかじめ購入していた静岡・焼津間の乗車券の3枚を自動改札機に入れて在来線に乗り換えた。焼津駅に着いて、自動改札機を前に手元に残った1枚の切符をみて唖然《あぜん》とした。名古屋から乗ってきた新幹線の特急券なのだ。この不思議をどうやって駅員に説明したらよいのかしばらく考え込んでしまったほどだ。「まためんどうなことが起こったな」という気持ちだった。暗い表情で、静岡駅で起きたありえない出来事について話すと、「ああ、お客さんでしたか。そのことは、すでに静岡駅から電話で聞いていますのでご心配なく」。実にオープンマインドであっけらかんとしたJR東海の対応に、むしろ一抹の不思議さを感じつつ改札を出た。その夜、ホテルからその出来事を木原浩勝さんにメールで伝えると、「それは怪異だ(笑)」という返信をいただいた。

「今度は、ハーンのいたずら？」

以来、機械よりは自分の「手」を疑うようになった。

2015（平成27）年は勝五郎生誕200年にあたる。

# 第14章　怪異断片

## 三途の川

1964（昭和39）年、祖父・一雄は前立腺肥大で東京旗《はた》の台《だい》にある昭和医大に入院した。

その頃、私は3歳で、大の泣き虫の甘えん坊だった。母の姿が見えなくなったというだけで泣いていた。二子玉川に住んでいたので、母は田園都市線（現在の大井町線）の定期券を買って、祖父のお見舞いのために旗の台へ通う。同居していた祖母の喜久恵は一雄の病室に泊まり込んでいた。そんなことから、私ひとりで留守番するわけにもいかず、同じ沿線の大岡山《おおおかやま》にある、父の友人が経営する幼稚園の3年保育に通うことになる。

幼稚園を経営するKさんは、よくわが家に話しに来られ、優しく朗らかな人柄だったので、幼稚園でさびしくなっても園長先生の顔を見ると少しほっとする。

このKさんが若い頃、父と一緒に確か山梨県の塩山《えんざん》か初鹿野《はじかの》（甲州市《こうしゅう》）あたりに出かけて、鉱泉宿で1泊した時のことだ。明朝、脂汗《あぶらあせ》をかいて「タイムさん、一晩中、武者装束をつけた侍が出てきて刀で切りつけてくるんだ。本当に怖くて寝た心地がしなかったよ」。そう言って真剣なまなざしで訴えたという。父は「時」という名前なので、親戚や親しい友人からは「タイムさん」と呼ばれていた。ハーンが何よりも「時が大切だ」と言っていたことに因んでつけられた。宿の主人に尋ねると、この近くには古戦場があり、武田勢と戦った多くの侍が命を落とした。かつてこの宿に泊まった客が、同じように悪夢にうなされたことがあったという。

父からこの話を聞いたとき、やはりKさんはナイーブで心の優しい人なのだと納得した。

さて、毎日、母と朝8時ごろの電車に乗って、大岡山へ向かった。その頃の田園都市線は紺とオレンジのツートンカラーで鋲《びょう》が車体中にうちつけてある、クラシックな

4両編成の電車だった。自由が丘を過ぎると母と別れるのが何となく寂しくなって、時には大岡山駅で降りると泣きだすこともあった。母は私を幼稚園に送り届けてから、その足で昭和医大に向かい、幼稚園が終わるまで祖父の看病をしていた。昼前に母が迎えに来て一度二子玉川の自宅に私を連れて帰り、自分の妹に預けた。そして母は、祖父用の夕食のお弁当をつくり一言メッセージを添えて、二度目のお見舞いに旗の台へ出かける。祖父は病院食が喉を通らず、母がつくるお弁当とメッセージを心待ちにしていた。同じ頃、父が勤め帰りに昭和医大へウィルキンソンの炭酸水をもって立ち寄る。一雄はこの炭酸水がないと生きてゆけなかった。実はハーンもそういう人で、松江時代には、これに夏蜜柑《なつみかん》の果汁をしぼった飲み物を考案して夏場に人に振舞うこともあった。このようにかなり手厚い看病をしていたので、一雄は、比較的孤独感の少ない入院生活を送っていたように思う。

そんな、入院中のある日、祖父はベッドで「あー！」という声をだした。母があわてて尋ねてみるとどうもこんな不思議な夢をみたというのだった。
ある乗降客の多い国電（JR）の駅でのこと。満員電車が入ってきた。電車に乗ろうと急いでいると、閉まろうとするドアをなんと二人の親友が押さえてくれているではないか。それは故人であるはずの会津《あいづ》さんと石村《いしむら》さんだった。

　会津さんとは、ハーンの早稲田大学での教え子で英文学者、美術史家の会津八一《やいち》のことで、書家《しょか》秋艸道人《しゅうそうどうじん》としても知られる人だ。父の話によれば、資生堂《しせいどう》パーラーで「フィンガーボールの水は飲めるか？」とウェイトレスに訊き、飲料水にもなると聞くと、一気に飲み干した。すごく豪快な人だったようだ。八雲の子どもたちの代になっても小泉家とは深い親交をもっていた。父が最後に八一と会ったのは、戦後しばらくした頃で、新宿中村屋《なかむらや》で会津八一の書道作品の展示即売会があった時だった。「一雄君はいい息子さんをもって幸せだなあ」とあらためて父に語った顔は何となく淋しそうだったという。その後しばらくして会津八一は75年の生涯を閉じた。

　ちなみに、1964年に映画「怪談」をつくった小林正樹《こばやしまさき》監督は八一の教え子でその感化によるものだった。

　もうひとりの石村一郎《いちろう》さんは、早稲田中学の英語の教員で青森出身の穏やかな人で一雄とはやはりうまがあった。ふたりとも当時すでに故人だった。

　ところが、車掌は無慈悲にも鼻の差でドアを閉めてしまった。

「何と気の利かない車掌なんだ、おいこら！」

思わず腹が立って声を出してしまったのだ。でも目が覚めて考えてみると、三途の川を渡らなくて本当によかったと思い直したのだった。

その翌年の１９６５（昭和40）年４月29日、一雄は前立腺癌《がん》のため没した。

## 仏壇

１９０４（明治37）年９月19日の午後３時頃、セツがハーンの書斎に入ると、胸に手を当てて静かに部屋の中を歩いていた。小泉セツの『思ひ出の記』から少しご紹介したい。

「あなた、お悪いのですか」

セツがそう尋ねると、ハーンは、

「私、新しい病気を得ました」「心の病です」

と答えた。

「余りにも心痛めましたからでしょう。安らかにしていてください」

と、セツは慰め、二人曳きの人力車でかかりつけの木沢《きざわ》医師を迎えにやった。

ハーンはその後、自分の愛用する丈の高い文机のところに行って、何かを書き始めた。セツは静かにじっとしているように勧めたが、ハーンは、

「私の好きなようにさせてください」

と言って、何行かの文章を認《したた》めた。

「これは梅謙次郎《うめけんじろう》さんにあてた手紙です。何か困難な事件の起こった時に、よき知恵をあなたに貸しましょう。この痛みも、もう大きいの、参りますならば、多分《たぶん》私、死にましょう。そのあとで、私死にますとも、泣く、決していけません。小さい瓶買いましょう。三銭あるいは四銭くらいのです。私の骨入れるのために。そして田舎の淋しい小寺に埋めて下さい。悲しむ、私喜ぶないです。あなた、子供とカルタして遊んでください。如何に私それを喜ぶ。私死にましたの知らせ、要りません。もし人が尋ねましたならば、はああれは先頃なくなりました。それでよいです」

　梅謙次郎はセツの遠縁にあたる松江出身の法学者で、後に、民法の父と呼ばれた。ハーンは梅さんの前では自分は赤ん坊同然だと、その偉大さを尊敬していた。

　セツはこう返した。

「そのような哀れな話してくださるな、そのようなこと決してないです」

ハーンはセツと一緒に散歩をして新井薬師《あらいやくし》あたりまで出かけた時、落合《おちあい》の火葬場の煙突が見えると、自分も間もなくあそこから煙になって出るのだと語っていた。そして垣の破れ草が生い茂った小さな破れ寺への埋葬を心から願う人だった。

幸いこの発作は、大事には至らなかった。行水をしたいといって、風呂場で水行水をし、さらにウィスキーが飲みたいと言うので、心配しつつもセツは水割りをつくり、グラスを手渡した。アイリッシュのハーンにとってウィスキーはとても大切な飲み物だった。じっさい、アイルランド語ではウィスキーは「命の水」という意味である。

到着した木沢先生に、

「ごめんなさい。病、いってしまいました」と微笑んだ。

1904（明治37）年9月下旬のある日、西大久保の庭の桜の一枝が返り咲きをした。そしてハーンは縁側に出てこういった。

「ありがとう。ハロー。春のように暖かいから桜思いました。ああ、今私の世界となりました。で咲きました……。可哀そうです、今に寒くなります、驚いて凋《しぼ》みましょう」

最晩年のハーン

セツによれば、ハーンはこの桜をとりわけ可愛がっていたので、おそらく暇乞《いとまご》いをしに咲いたのだという。私の育った瀬田の家にもハーンが愛したからという理由で祖父が山桜を植えた。ソメイヨシノが豪華《ごうか》絢爛《けんらん》に花盛りを迎える前に緑の葉とともに開花するので、「デッパ」などと呼んで笑ったものだ。地味で影のある美しさが粋なのだと、大人の話を聞いて幼な心に納得した気分になっていた。

かつてハーンは松江で半年を過ごした北堀町の根岸《ねぎし》邸の庭の観察から日本人の樹木観にこんな共感を寄せていた。

木に、少なくとも日本の木に魂があるということは、梅の花と桜の花を見たことのある者には、不自然な幻想などと思えない。こうした信仰は、出雲でも他の地方でも広く行われている。仏教哲学とは一致しないが、ある意味で、「人間の用に立つべく創造されたもの」という西洋古来の正統的な樹木観に較べて、はるかに宇宙の真理に近い、という印象を与える。

(仙北谷晃一訳「日本の庭で」『神々の国の首都』講談社学術文庫)

この思考に影響を与えたのは日本と同じく民俗信仰が豊かに継承されるアイルラン

ドでの幼時体験やマルティニークの霊性が作用しているのであろう。晩年のハーンは子どもの頃の体験をこう回想している。

昔は、森や小川には目にみえないものたちが住んでいた。天使や悪魔が人の傍らを歩き、森には妖精が、山には子鬼が、沼地には飛び交う精霊がいた。死者は時々戻ってきてメッセージを伝えたり、あるいは誤りをたしなめたりした。踏みしめる大地、草木の茂る野、ふり仰ぐ雲、天なる光、いずれも神秘と霊性に満ちていた。

(*On Poetry*「詩論」)

さて、桜が返り咲きをした時、ハーンは虫籠に入れて座右でその声音《こわね》を楽しんでいた松虫について、セツにこう語った。
「あの小さい虫、よき音して鳴いてくれました。私なんぼ喜びました。しかしだんだん寒くなってきました。知っていますか、知っていませんか、すぐに死なねばならぬということを。気の毒ですね、可哀相な虫」
そして、「この頃の暖かい日に、草むらの中にそっと放してやりましょう」とふたりで約束した。

ハーンが亡くなる9月26日の朝のこと、セツにこう語った。

「大層遠い、遠い旅をしました。今ここにこうして煙草をふかしています。旅をしたのが本当ですか、夢の世の中。……西洋でもない、日本でもない、珍しいところでした」

そして一雄が学校へ出かける前にいつものように「グッド・モーニング」と父に声をかけると、この朝のハーンは「プレゼント・ドリーム」(「いい夢を」)とこたえてしまった。そこでしかたなく一雄も「ザ・セーム・トゥ・ユー」(「パパもいい夢みてね」)と返した。

その日の夕食後1時間ほどしてからのこと、ハーンは静かにセツのところに行き、「ママさん、先日の病気また参りました」と告げる。しばらく室内を歩いていたが、セツの勧めで静かに横になった。間もなくこの世の人ではなくなった。

桜の返り咲きや虫の死、遠い世界への旅、息子との不可思議な遣り取り、いずれも死の予兆だったとセツは回想する。

葬儀はハーンが富久町時代に親しんだ瘤寺で、のちに浅草寺《せんそうじ》の大僧正となる修多良住職を導師として行われた。散華に使われた蓮弁は、横浜の家の小さな仏壇の裏扉に表装されて今も残っている。また、一部は松江の小泉八雲記念館に展示している。ハーンが遺書を認めた梅謙次郎は、当時、法政大学の初代総理をつとめており、多忙極まる中で葬儀委員長をつとめられた。

現在の横浜の家にある小泉家の仏壇は、西大久保の家にあったものとは違う、ひとまわり小さな仏壇だ。かえってその方が先祖の遺志にも適っているものと納得している。1934（昭和9）年5月に当時銀座尾張町の「平《ひら》つか」に注文してつくってもらったもの。いまでもそのラフな設計図と見積り書類がわが家に残っている。「平《ひら》塚《つか》」の創業は1914（大正3）年で、経師屋《きょうじ》をしていた平塚玄太郎《げんたろう》が「趣味の家具平塚」を日本橋浪花町《にほんばしなにわちょう》にオープンしたことに始まる。関東大震災を機に、銀座尾張町（現・銀座5丁目東通り）に移転し、終戦後の1948（昭和23）年に現在地の金春《こんぱる》通り（銀座8丁目）に移転している。

「平つか」は江戸指物の老舗ではあるが、仏壇をつくったことはほとんどないそうで、よほど一雄が懇願したものとみえる。江戸時代に女官が着用した古代布などを指

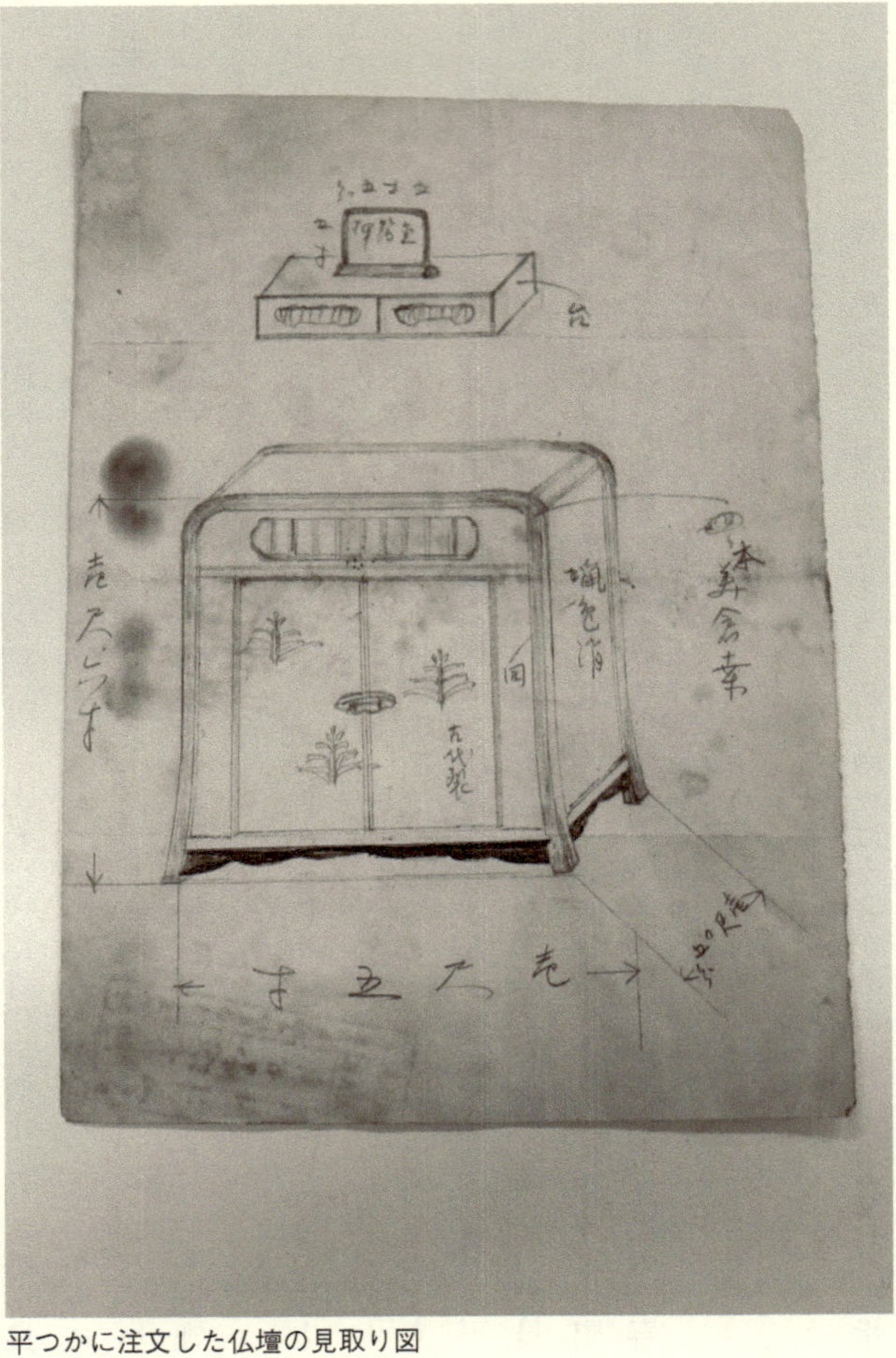

平つかに注文した仏壇の見取り図

物に貼るのを得意としていて、我が家の仏壇の表扉は確かに古代布で表装がしてある。

それから70年以上を経た2007（平成19）年頃、鎌倉《かまくら》駅の江ノ電《えのでん》側の出口を御成《おなり》小学校へ向かって少し直進したところで、両親はぐうぜん「平つか」という看板をみつけた。思わず、店に入りこう尋ねた。

「こちらのお店はかつて銀座にあった、平つかさんとご関係のあるお店ですか？」

「よくそんなことをご存知ですね。その通りです」

「小泉と申しますが、うちの仏壇は、70年以上前にそちらで作っていただいたものです」

「もしかして、小泉さんって、まさか松江とご関係があるあの小泉さんのご子孫ではないですよね？」

「ええ？　何でおわかりになったのですか？」

「実は銀座で店を営む従兄弟からそのことを聞いたことがあったのです。私の妻のルーツが島根県雲南市の三刀屋《みとや》なので、墓参のついでによく松江には立ち寄りました。

小泉八雲記念館に行って展示品をみていたら、その中に八雲さんの葬儀の時に撒《ま》かれたという蓮弁の解説があり、そこには『平塚製の仏壇』に表装されていると書かれていたのです。『このことか』と思い、職員の方にお願いして解説のコピーをとっていただき持ち帰りました。そのコピーはほら、この壁にこうして貼っているんです。こんなところでお目にかかれるとは夢のようです」

そして母が「蓮弁の説明文を書いたのはこの人です」と父を紹介した。これも不思議な出会いだった。

父は、仏壇を注文に行った時、きれいなお嫁さんがお店に座っていたことを覚えていると私に言っていた。どうも子供心に忘れられぬほど美しい人だったようだ。2014(平成26)年1月、当時鎌倉でお店を出していた平塚眞《まこと》さん御夫妻を北鎌倉のご自宅にお訪ねしてうかがうと、「それは、おばあちゃま」、つまり創業者平塚玄太郎さんの妻・ひでさんだという。

鎌倉での偶然の邂逅は、縁のありがたさとともに一種の幸福感ももたらしてくれた。

そんなわが家の仏壇には、先祖の位牌とともに小さな仏様が置いてある。「冑仏《かぶとぼとけ》」といい、かつて戦《いくさ》の前に冑の中の穴に入れ、守護仏としたもので、一雄が昭和初年、四谷の「日野」という刀剣屋でこれを見つけ、仏壇に安置したものだ。

さて、ハーンが遺書を託した梅謙次郎にちなんで最近こんなことがあった。2012（平成24）年の7月7日付で、明日香村《あすかむら》の工芸家・佐土浩一《さどひろかず》さんから、ハーンが梅謙次郎に贈ったランプ・スタンドを持っているので小泉八雲記念館に寄贈したいという手紙をいただいた。かつては、スタンドだけではなくその上に南瓜《かぼちゃ》のような平たい銅製のオイルタンクがあり、さらにガラスの火屋《ほや》もあって立派なランプだったらしい。このランプが佐土さんに渡った経緯は、画家・中川一政《なかがわかずまさ》の『腹の虫』に書かれていると教えられて読んでみるとこうだった。

「梅緑は私に小泉八雲から贈られたという大理石のスタンドをくれたことがある。どこに今あるかと思っていたら近所にいる国木田独歩《くにきだどっぽ》の次男坊がもっているそうである」

つまりランプは梅謙次郎の長男で1893（明治26）年生まれの梅緑から懇意で同い年の中川一政を経て佐土浩一氏に渡ったのだ。浩一氏の父・哲二《てつじ》氏は彫刻家で国木田独歩の次男にあたる。ちなみに中川一政は、父が作品を敬愛していて、私も子どもの頃から玉川瀬田の家で本の背表紙にある「中川一政」という木版の粋な書体を通して親しんでいた画家だ。

そこで7月25日に明日香村に出かけ、近鉄飛鳥《きんてつあすか》駅近くの画廊でランプ・スタンドを受け取った。高さ50センチ余りのアールヌーボー調の上品なスタンドで、ハーンが好きな古代ギリシャのエンタシスのような膨らみがある石柱にすっかり魅了された。実にハーン好みの逸品である。

死が近いことを悟ったハーンが「家族をよろしく」と感謝の気持ちを込めて贈ったものと想像される。愛読書の『武蔵野』に、令孫の浩一さんから署名もいただいて幸せなひとときだった。この時にも、ご縁は大事にしなければいけないと感じた。

## 運ばれる「怪談」

やや白みがかった瑠璃色の南太平洋と、地元ではその形状から「鮪の額」という意味の呼称をもつダイヤモンドヘッドを眺めながら、一風変わった会議に出席したことがある。1991年2月のことだった。会場はオアフ島のハワイ大学キャンパスの一隅にあるカピオラニ・コミュニティーカレッジ内の通称「お化けチャペル」だ。会議のタイトルは“Chicken Skin '91 — A Ghost Story Conference of Asia —”。直訳すれば、「鳥肌1991—アジア怪談会議—」。「鳥肌」は、ふつう米国本土では“goose bumps”(ガチョウのイボ)というので、「チキン・スキン」はより日本人の喩《たと》え方に近い、「霊的恐怖のハワイ的表現」なのだろうと想像した。

　このアジア怪談会議を企画したのは、今は亡きグレン・グラントさんで、当時カピオラニ・コミュニティーカレッジでプログラム・コーディネーターをしておられた。ハワイ諸島の怪談や超自然的伝承を20年以上にわたって蒐集するとともに、アジアの宗教儀礼や伝承にひろく関心をもって研究する学者でもあった。日本に関しては恐山のイタコとハーンの描いた怪談の世界に深い関心をもっていた。

　8日間にもわたって、このお化けチャペルを会場に、毎日テーマ別に遊び心をもった発表やディスカッションが行われた。霊媒師、憑依《ひょうい》現象、死霊、祖先崇拝、国別・地域別の超自然的伝承などがテーマとなる。この会議には、地元ハワイの他、インドネシア、フィリピン、中国、韓国、日本、アメリカ本土などから学者や興味ある一般参加者が集った。和装したグラントさんは、期間中、終始ハーンになりきって、司会をつとめられた。

　主催者のグラントさんをかつて松江でご案内したご縁から、「ラフカディオ・ハーンと古き日本の霊的世界」というテーマでの基調講演を初日に引き受けることとなった。ハーンの超自然的世界への関心の背景とともに、主催者の要望にこたえて「耳なし芳一」の自筆原稿、ハーンが「狂歌百物語」をローマ字で筆写しイラストを添えた

『妖魔詩話』の原稿、松江市内の怪談ゆかりの地などを、当時一般的だったポジフィルムのスライドで紹介し、日本の妖怪研究の先駆者・井上円了《いのうええんりょう》の否定的妖怪観とハーンの人間世界を豊かにすると考える妖怪観の相違についておもに述べた。海外の聴衆の前で話をしたのはこれが最初だったので大いに緊張したことは忘れられない。

でもその緊張を思いがけず解き放ってくれたのが、講演前に行われた小さなセレモニーだった。出雲大社ハワイ分社の宮王《みやおう》宮司が神職の装束でお化けチャペルに現れ、十字架の前に白布を垂らし、そこで祝詞《のりと》を唱え榊でチャペルのお祓いを始めたのだ。これから8日間にわたり怪談会議や百物語を行うので、チャペルに物の怪が憑かないように願いを込めたお祓いだった。いくらハワイには日本文化が浸透しているとはいえ、これには驚いた。また多文化社会のハワイだからこそ多少の違和感があっても、キリスト教徒にも受け入れられる行為なのかと納得し、自分の講演のことなどすっかり忘れて観察した。この意外なパフォーマンスに驚き我を忘れたお陰で何とか講演も乗り切ることができた。

初日と最終日には怪談ツアーも行われ、あわせて百数十名の参加者がグラントさんの説明に耳を傾けハワイの霊性を楽しんだ。その中には地元の一般参加者も多く含まれていた。今思えば、先駆的なゴーストツアーだった。日立《ひたち》のＣＭでお馴染みのモンキーポッドの木もあちこちにあり、そのうちいくつかは妖怪の木としての伝承があった。ハーンの描いた椿《つばき》の老木が妖怪化する「古椿」のイラストをこの時も思い出しながら怪談を聞いた。ツアーの途中でグラントさんはこんな話を始め、「えっ？」と思った。ディテールの記憶が曖昧なので彼の著書『ハワイ妖怪ツアー』（大栄出版）を参考に紹介してみたい。

１９８２年11月、ハワイの幽霊に関する地元ラジオのトークショーの放送中に、とり憑かれたワイアラエ・ドライヴインの古い話がもちあがったらしい。放送局の交換台がすぐに点滅した――何人かのリスナーが自分も顔のない女の幽霊を見たと反応してきたのだ。電話してきたある人は、こう語った。

１９８０年にあのドライヴインのトイレに入ったんです。そうしたら、鏡の中に長い赤毛の髪をとかす一人の女性が見えたの。そこに幽霊が出るなんて話はまったく聞いたことがなかったので、なんのためらいもなく、彼女の隣でシンクを使ったわ。鏡をのぞくと、彼女には顔がなかったの！　私は悲鳴をあげ、助けを求めてトイレから飛び出したわ。そして一緒に来ていた友人を連れてトイレに戻ってみると、もう幽霊はいなくなっていたの。

そしてそのドライヴインの女性用トイレが残っている間は、定期的に、何も知らない女性たちから顔のない幽霊を見たとの報告が続いた。

その後しばらくしてドライヴインは閉鎖されたという。グラントさんはこう続けた。

ヨーロッパやアメリカやポリネシアの島々の怪談には、顔のない幽霊というのはまず出てこないんです。そんなハワイでなぜこの怪談が生み出されたのだと思いますか？

それは、ハーンが書いたあの話に親しんでいた日本移民の影響があったからですよ。あの有名な話です。赤坂の紀伊国坂《きのくにざか》を夜遅く旅人が歩いていると、悲しげな女が道端にうずくまっている。むせび泣くような声が聞こえるので旅人は女に近づき声をかけました。泣きじゃくっていた手を顔からはずすと、なんと顔がない。驚いた旅人は灯を見つけて夜泣きそばの屋台に飛び込んで助けを求めました。そば屋の主人が自分の顔に提灯を近づけると、これもまたつるつるとした卵のような顔だった。

そう、「むじな」の話です。これはハーンが創作した話ではなく、庶民の想像力が生み出した話です。50年近くたってハワイのドライヴインにむじなが現れたのは、日本のお化けは多文化の島に息づくパワーを持っていたということなんですよ。

歯切れのよい説明に「なるほど！」と思いつつも「本当かな？」と半信半疑だった。「むじな」のクライマックスの部分は、実はハーン自身の体験を反映している。

ダブリンのアッパー・リーソン通りに住んでいる頃、冬場に逗留するジェーンという修道女の姿を秋の走りに見つけ、「おかしいな？」と思いつつ呼び止めると、振り向いた顔はのっぺらぼうだった。あまりの出来事にほぼ気絶状態になった。そして本物のジェーンがやって来るが彼女は間もなくこの世の人ではなくなった。

すでに本書の冒頭にも紹介した強烈な幻視体験だ。「むじな」の原話の「百物語」では「顔の長さが二尺もあろうという化け物」なので、ここは明らかにハーンの創作だ。だから、「むじな」の話はグラントさんが言われるほど、日本の庶民の伝承に忠実な再話ではない。しかし、卵のようなアクセントの何もない顔というのは子供には恐怖の対象になるのかもしれないと半ば体験的に感じる。

3歳の時、夕陽をみつめるハーンの幻視体験をした息子は、やはり同じ頃、鳥取県琴浦町赤碕《あかさき》の花見潟《はなみがた》という海辺の墓地に親の都合で連れて行かれた。ここはハーンが新婚旅行で通り、人力車で15分かかったとやや大げさに表現し、人間の魂と海との関わりを自問した印象深い場所でもあった。現に、西日本では自然発生的にできた共同墓地として最長の300メートルもの長さをもつ墓地だ。墓地の東端には化粧川《けしようがわ》が流れ、かつてはここから西は異界だとされた。この墓地の西隅には古くなった無縁仏が集められている。息子はその一角を歩いていた時、突如、大声で泣き出しその後も車で松江に帰るまでずっと変だった。何が起こったのかさっぱりわからない。帰宅してようやく落ち着いたので妻があらためて尋ねると、「目のないお地蔵さんがいた」というのだった。たしかにそこには、栃木県の大谷石の如《ごと》く軟らかい、松江の来待石《きまちいし》でつくられた風化がかなり進んだ一体の地蔵があった。

それから数日後、息子は大好きな電車の写真がいっぱい載っている大人向けの鉄道雑誌を満悦な表情で眺めていた時、突如泣き始めたのだ。また何かが起こったのかと飛んでいくと、一枚の写真にショックを受けたようだった。それは、電気機関車が牽《ひ》く古い客車の最後尾を映した写真だった。

「お顔がない！」

たしかに見慣れた電車の先頭車とは違って、中間車である客車には運転台の窓やヘッドライトはついていない。親に似つかわしくない鋭い感受性に驚き、逆にこの先が思いやられた。でも、いま思えば、ハーンがジェーンののっぺらぼうに遭遇した時と同じような幼児期の恐怖体験だったのだろう。無機物にも目のアクセントが備わると生命を吹き込まれた生き物に変わる。だから息子にとって見慣れた電車の先頭車は顔のある生き物だったようだ。伝統的な日本の付喪神《つくもがみ》の絵巻を見てもそれがわかる。しかし、当然目があるはずと思って遭遇したものに目がなかった場合は、これは同じように大いなる恐怖となる。人間にはそんな普遍性があるのかもしれない。あるいは、そんな理屈を言わずに、のっぺらぼうに反応する間歇《かんけつ》遺伝がある筋だと素直に認めるべきかもしれないが。

ハワイの話にもどる。グラントさんの「むじな」がハワイへ運ばれたという説明について、その時には、一度文字に書かれた怪談が、再び口承文芸と化して蝶や鳥のように移動して、他の土地に根付くことなど本当にあるのだろうかと疑った。しかし、彼の自信に満ちた表情には説得力を感じた。正直なところ、8日間の怪談会議の内容より、グラントさんから聞いたワイアラエ・ドライヴインの怪談がもっとも強烈なハワイ訪問の思い出となった。

それから、20年余りのうちに比較文学者や英文学者、世間話の研究者の努力でハーンの作品研究は大いに進化した。最近の研究では『怪談』の「雪女」についても似たような現象がみられることがわかってきた。「雪女」は前述のように青梅の調布村出身の庭師の宗八がもたらした話と思われるが、まったく同じ話が青梅に伝わっているわけではない。少し離れた檜原村《ひのはらむら》には樹木の精との異類婚姻の話が伝わっているようだ。樵《きこり》仲間と交友の深い宗八がその話を知ってハーンに語った可能性が指摘されている。いずれにしても雪女を登場させたのは、ハーンのフィクションだったのかもしれない。

ハーンは松江でセツの養祖父・万右衛門《まんえもん》のこんな体験談を聞いていた。万右衛門がある雪の日に近所の友達の家に遊びに行く途中、真っ白けな顔をしたものがぬーっと立ってあたりを見まわしているのに遭遇し、あわてて逃げ帰って家の者に助けを求めると「雪女を見たんだ」と言われた。それ以来ハーンは「雪女」が気になっていたのだろう。

一方、雪女に遭遇した巳之吉《みのきち》がその化身であるお雪と結婚し、タブーであった遭遇譚をお雪に明かすことで結婚生活が破綻する、あのハーンが書いた「雪女」とほとんど同じ話が長野県の白馬《はくば》や新潟県の雪深い土地にも伝わっている。当初は、もともとそういった雪国にあった話が信州《しんしゅう》から甲州街道、青梅街道を旅人に運ばれて青梅まで伝わったのだと想像されていたが、青梅には同じ話がないことと信州の民話集にこの話を捏造して収録した人物がいたことがわかったので、今ではハーンの「雪女」を読んで感銘を受けた人物が各地にこの怪談を運び、根付かせたという解釈が一般的になっている。じっさい、グリム童話の「スルタンじいさん」の話が岩手県や広島県に伝わっている例もあるという。

怪談は人によって運ばれる。噂のように流布するのではなく、文字になった怪談がピンポイントで運ばれることもある。当然と言えば当然だが、こんな身近に親しんだハーンの代表作もそんな運命をもっていたことは、子孫として嬉しいことだ。それだけ「怪談」が親しまれている証になるからだ。ハワイで「むじな」の都市伝説と出会ったことは怖くも嬉しい邂逅だった。

# 第15章 「凡」の因果

２０１３（平成25）年夏、ハリウッド映画「終戦のエンペラー」が全国３０１スクリーンで上映された。その主人公ボナー・フェラーズはマッカーサー元帥の軍事秘書で、昭和天皇を戦犯から救った親日将校として知られる。私ごとながらフェラーズとは深いご縁がある。

わが家の古びたメモ帳にはフェラーズが私の祖父・小泉一雄に残したメッセージが遺されていて、メモ帳は今も横浜の家の仏壇の奥にある。

あなたの52歳の誕生日の幸せな思い出に。１９４５年11月17日、東京、アメリカ大使館にて。そしてあなたのすばらしいご両親に深い感謝の念をささげて。

ボナー・フェラーズ、アメリカ陸軍准将《じゅんしょう》

終戦から3ヵ月、フェラーズは小泉家の遺族たちと雑司ヶ谷にハーンの墓参をし、11月17日生まれの一雄のために大使館で小さなパーティーを催した。その際、フェラーズはムーアの中字用万年筆で上記のメッセージを書いて、一雄に万年筆ともども手渡した。一雄は5年後の1950（昭和25）年にはそのペンで『父小泉八雲』（小山書店）を上梓する。さらにその11年後に初孫の私が生まれた時、敬愛する"Bonner Fellers"にあやかって私に「凡《ぼん》」と名付けた。だからフェラーズの伝記『陛下をお救いなさいまし　河井《かわい》道《みち》とボナー・フェラーズ』（ホーム社）が2002（平成14）年に岡本嗣郎《おかもとしろう》さんによって書かれた時も、このたびの映画上映の知らせを聞かされた時にも、また熊本の井上智重《いのうえともしげ》さんの原案による『終戦の昭和天皇　ボナー・フェラーズが愛した日本』（オークラ出版）が2013年に出版された時にも他人事とは思えなかったし、嬉しさでいっぱいだった。

玉川瀬田の小さな家の北西の隅には三畳間があり、そこにハーンの初版本や全集などが、ハーン自身が愛用した書架に並んでいた。部屋の襖《ふすま》はいつも開け放してあり、3枚の額入りの写真が掲げてある。そして、この3人はとりわけ小泉家の大切な人たちだと物心ついた頃から祖母に言い聞かされた。3人とは前述したミッチェル・マクドナルドとハーンの心友エリザベス・ビスランド、そしてボナー・フェラーズ。だから、軍服姿のフェラーズの顔は日に何度か幼い頃から仰いでいて、かなりしっかりと目に焼き付いていた。

フェラーズについては、日米戦中戦後史の文脈の中で多くの学者たちがその活躍に触れてきたし、祖父・一雄も『父小泉八雲』で、父・時も『ヘルンと私』でフェラーズと小泉家との関わりを書いている。それでも、いまだ一般には知られないフェラーズとはどんな人だったのか、簡単に整理しておきたい。

ボナー・フェラーズは1896年、イリノイ州リッジファームに生まれ、家がクエーカー（プロテスタントの一派）だったことからインディアナ州リッチモンドにあるアーラム大学に進学した。その際、チューターとして巡り合わせた渡辺《わたなべ》ゆりの影響で日本に関心を持ち、日米の懸け橋になることを決意する。渡辺ゆりはアーラム大学にとってはじめてのアジア人留学生だった。チューターとはまだ慣れない新入生に個別的に大学生活のさまざまなことをアドバイスする上級生のことだ。フェラーズは和服を着た日本人女性からアメリカの大学生活を教えられたのだから、その印象は強烈だったに違いない。大学を中退して、フェラーズは陸軍士官学校《ウエストポイント》に入学し職業軍人の道をめざした。そして1936年にフィリピンのマニラに赴任し、マッカーサーと出会う。その後、計6年にわたりマッカーサーの側近、軍事秘書をつとめた。

1922（大正11）年にはじめて来日したフェラーズは久しぶりにゆりと会い、もっと日本を知りたいがどうすればいいかと尋ねると、ゆりは「ラフカディオ・ハーンを読むことが一番良い方法ね。彼は外国人だけど日本の内面をよく理解しているわ」というコメントをした。フェラーズは日本を知るために小泉八雲のほぼ全著作を読破したが、とくに最後の著書『日本　ひとつの試論』を愛読し、キリスト教徒にとっての「ゴッド」と日本人の「カミ」観念の違いを説いた論考に共感したという。つまりハーンはこんな認識をもっていた。日本の国教は祖先信仰だ。祖先信仰は、家庭の祭り、氏神の祭り、一宮のような格の高い神社の祭り、そして頂点にある伊勢神宮《いせじんぐう》の祭りという異なる次元での祭祀を通して貫かれている。いうまでもなく伊勢神宮は皇室の祖先神を祀る神社で国民総氏神とも呼ばれた。だから日本人の天皇への思いは、祖先信仰と不可分だというのだ。

1930（昭和5）年にはじめて小泉家を訪問したフェラーズは、ハーンの未亡人セツに「ハーンが私に日本を愛することを教えてくれた」と述べた。その後、不幸にして日米開戦となる。

フェラーズは終戦と同時にマッカーサーとともに来日し、終戦の混乱の中で教育者の河井道や渡辺ゆり（当時は一色《いっしき》ゆり）をはじめ複数の日本人と接触し、小泉家の遺族も探し出し、一雄をGHQ本部に呼び出し涙の再会を果たした。「日本はアメリカに戦争で負けた。科学で負けた。が今、私は人情でも氏に負けた」(『父小泉八雲』)と、一雄はその時の感動を語っている。その後、フェラーズは、天皇を戦犯として裁くことは罪のない国民の精神的支柱を奪い、無意味な混乱を招く。むしろ天皇の力を民主的に生かすべきだと考え、「天皇に関する覚書」を作成し、さらに軍部が独裁する中で戦争はもはや不可避だったことを天皇自身が語る「独白録」作成を企て、象徴天皇制実現への端緒を築いた。

フェラーズは1946(昭和21)年7月23日に、当面の戦後処理の任務を終えて帰米するが、その後、前述したように一雄は令嬢のナンシーさんと共著で1957(昭和32)年に『リ・エコー』(*Re-Echo*)を上梓し、ハーンの思い出を共有した。さらに父もフェラーズの薦めでGHQに入った。米軍から返還された「新南《しんなん》」という海防艦に乗って警備にあたったが、3週間、船酔いがつらかったことが忘れられないと言っていた。その後、海上保安庁ができたのでそのまま職員となったが、一雄が心臓神経症を患い、船から降りることになり、再び、在日米軍司令部の報道部に入った。そうしてフェラーズ一家との文通は父の晩年まで続いた。

私自身はボナー・フェラーズとも娘のナンシーさんとも一度も会う機会はなかっ

た。でも自分の名前の由来でもあるフェラーズには非常な親近感を覚えていた。私は2001年9月上旬から7ヵ月ほど交換教員で渡米し、ワシントン州の内陸部にあるエレンズバーグという小さな町で家族ともども生活した。赴任直後に全米を震撼させた同時多発テロ事件が起こり、その後の特別な時期のアメリカ暮らしは、今も鮮烈な記憶として時折蘇《よみがえ》る。そんなテロ事件の混乱がだいぶ落ち着きかけた11月上旬のこと、研究室のパソコンを立ち上げると1通のメールが届いていた。松江でかつて一度だけお会いしたアニー・バンディーというフランス文学の研究者からだった。バンディーさんはハーンのニューオーリンズ時代や仏領西インド諸島マルティニーク時代の作品に興味を持って研究してきた方だ。でも、どうしてセントラル・ワシントン大学にいる私の消息がわかったのかいまだに不思議だが、とにかくこんな用件だった。「アメリカにいるうちに、私の勤務先のアーラム大学に来て、ハーンとフェラーズの話をしていただけませんか」というのだ。しかし、当時、フェラーズのことはいま以上にほとんど知らず、困惑しながらも、ハーンのことを中心に話すことで許してもらい、講演を引き受けることにした。

そして12月10日、リッチモンドをめざした。エレンズバーグは11月にはもう雪が積もる寒冷地だ。この日もあいにく吹雪となった。車を運転しない私には、シアトルの空港へたどり着くまでが大変だ。グレイハウンドバスでまずシアトルまで行くのだが、予約していたバスが満員で乗れないと諦めさせられ、次のバスまで2時間半待つことになった。そのバスというのも前日か前々日にシカゴを出て雪のI90《アイナインティー》を3000キロ以上も走ってくるのだからまったく時間などあてにならなかった。幸運にも定刻にきた次のバスに乗って、シアトルで路線バスに乗り継ぎ空港近くのホテルに前泊。翌朝早く、ノースウエスト航空でデトロイト経由インディアナ・ポリスに向かう。バンディー夫妻が迎えに来てくださり、約2時間でオハイオ州境に近いリッチモンドに到着。11日の深夜だった。すでにエレンズバーグの家を出てから33時間が経過していた。

翌日はわくわくしながらフェラーズが学んだ大学の構内に入る。アメリカの大学としてはこぢんまりした瀟洒《しょうしゃ》な佇まいで、学生数も1000人程度。まず驚いたのはキャンパス内にある礼拝堂だった。何もないがらんとした部屋でどう考えてもここで礼拝や集会が行われるとは想像できない無機質な空間である。クエーカーは「キリスト教の中でも、ことに、形式を避けて、人間的上下、男女の差なく、誰もが個人の人格の中心に神のスピリットを受けることが出来」(一色義子《よしこ》『河井道と一色ゆりの物語――恵みのシスターフッド――』)るという教えの内容を後から知って納得した。ならば、フェラーズのリベラルな考え方への影響もなんとなく理解できる。

講演の前に案内されたアーカイブでは実に貴重な時を過ごした。そこにはフェラーズと渡辺ゆりのファイルがあり、タイプ打ちの書簡、地元新聞の記事などが多くおさめられていた。そこで入手した大学の情報誌『アーラマイト』のバックナンバー（1998年冬号）に「卒業生であるフェラーズが昭和天皇を戦犯から救い、新しい平和な日本への道を開いた」という趣旨の論文を見つけた。大学の計らいで著者のリチャード・ホールデンさんとも面会し、フェラーズの人柄と先見性を誇り高く静かに話してくれたのは忘れられない。そしてこの大学が今も日本文化研究を重視し、早稲田大学と岩手県とは異文化教育研究プログラムによって交流していると聞いて感動した。

そして、人文学科長も日本の幕末史の研究家ジャック・イェイツさんだった。

「ようこそアーラムへ。お目にかかれて嬉しいです。ところで私は松江の奥谷町《おくだにちよう》に住んでいたんですよ。あなたのお住まいは松江のどこですか？」

流暢《りゆうちよう》な日本語で挨拶され、仰天《ぎようてん》した。奥谷町といえば、まさに小泉八雲記念館の所在地だ。同じ奥谷町の万寿寺《まんじゆじ》という臨済宗《りんざいしゆう》の寺にはセツが雑司ヶ谷の墓とは別に小泉家の墓をのこしていて、松江に住む私が墓守をしているのである。ハーンに関わる出会いは縁の力を感じることが実に多い。

アーラム大学では幸せな3日間を過ごした。この訪問で、いっそうフェラーズという人物に親近感をもつようになっていった。帰国してから5年を経た2007（平成19）年の秋、今度は松江の勤務先である短大の研究室にこんな1通のメールが届いた。

はじめてメールをお送りします。私はニューヨークで永年古書店を営んでいるジャスティンというものです。先般、私はある方から一箱分の手紙を入手したのです。その大半はあなたのお祖父《じい》さんの一雄さんが出された手紙でした。その中には、あなたの小さいころのお写真も何枚か見受けられます。このプライベイトな手紙の内容からしても、これはあなたにお返しするのが一番だと思うのです。私は近々、ロンドンのブックフェアに出かけますので、できれば日本経由でヨーロッパに行きたいと思います。そしてどこかであなたにお目にかかってこの手紙をお渡ししたいのです。ご返事をお待ちしています。

ジャスティン

エレンズバーグでバンディー教授からのメールを読んだとき以上に驚いた。そして一雄が私の写真を入れて頻繁《ひんぱん》に手紙を出した相手といえば、フェラーズしか有り得ないと直感した。さっそく返信をし、喜んで拝受したい旨を知らせるとともに手紙の宛先を確認するとやはり思ったとおりだった。そして12月上旬のある朝、横浜駅西口のベイシェラトンホテルで待ち合わせることになった。しかしこの時も不思議に思った。なぜ、私の勤務先のメールアドレスがわかったのだろうか。でも出会った時にもあえて訊かなかった。

ジャスティンは優しそうな小太りの老紳士だった。私を滞在する部屋に案内し、そこでうやうやしく一箱の小型の段ボール箱に満たされた手紙を差し出し、微笑みを浮かべた。いかにもこれで安心したという表情だった。私もその優しさに心動かされた。

「さあ、この箱はもう少しここに置いておくことにして、私をハーンのお墓に連れて行ってくれませんか。確か、東京ですよね。行き方がよくわからないので」

ジャスティンはそう言った。

こちらとしてもせめてそのくらいの恩返しをしないと気持ちがおさまらないので喜んで墓参に同行した。ただ、ランチは両親を交えて、かつてハーンの親友だったミッチェル・マクドナルドが社長をつとめていた横浜グランドホテル（現・ホテルニューグランド）でとることにしていたし、その後すぐに羽田から松江に戻らなければならなかったので、あいにく十分な時間がとれなかった。さっそく湘南《しょうなん》新宿ラインで池袋へ出て、そこからタクシーで雑司ヶ谷に行き、待たせておいて墓まで往復しそのまま池袋へ戻った。それでも念願が果たせたと喜んでくれた。そして再びホテルで箱を受け取って、横浜グランドホテルに向かい、しばし両親を交えてボナー、ナンシー親子の思い出を語り合った。世の中にはこんな善良で無欲な経営者が、しかもハーンが「ワイシャツ、フロックコート、うそつき、弱いものいじめ」とともにもっとも嫌った都市ニューヨークに存在するんだということを皮肉にさえ感じた。ジャスティンには心から感謝している。

実は、いまだにその箱の中身を精査する時間に恵まれない。ただ、もちろんひととおりはチェックしてみた。内容は主として先述した『リ・エコー』出版に関わる一雄のナンシー宛書簡や同書受領の礼状と、それ以外の一雄や父・時とボナー・フェラーズとの往復書簡に分けられる。もっとも古いものは1946年3月8日付で一雄が東京のアメリカ大使館のフェラーズにあてたタイプ打ちの手紙で、息子の就職の紹介に感謝する旨を認めてあった。もっとも新しいものが1974年2月3日付で、これは時がフェラーズの訃報《ふほう》を知ってあわててドロシー夫人に送ったお悔やみの手紙で、米軍で一般的に使われている黄色の罫紙にペリカンの太字の万年筆で書かれていた。

天国で今頃、ボナーさんはラフカディオと一雄と談笑しているに違いありません。素敵な思い出をありがとうございました。

わたしにとって一番気になった手紙は、1961年7月10日付で一雄がフェラーズに送った出雲和紙にブルーブラックのインクで書かれた手紙だ。そこには、こんなことが書かれている。

7月10日、嫁に赤ん坊が授かりました。私は突然お祖父さんになりました。未熟児というのはとても小さな生きものです。小さく生まれましたが、でもきっと大きく成長すると信じています。そこで私は孫に〝Bon〟と名付けましたよ。『凡』は日本語では『広い』(broad)『全体』(whole)『丸ごと』(entire)『平凡』(mediocrity) などの意味があります。そして若き母は産後も健やかで、彼女の息子は日々大きくなっています。

まさに私が生まれた日にフェラーズに誕生を知らせていたのだった。それから20日

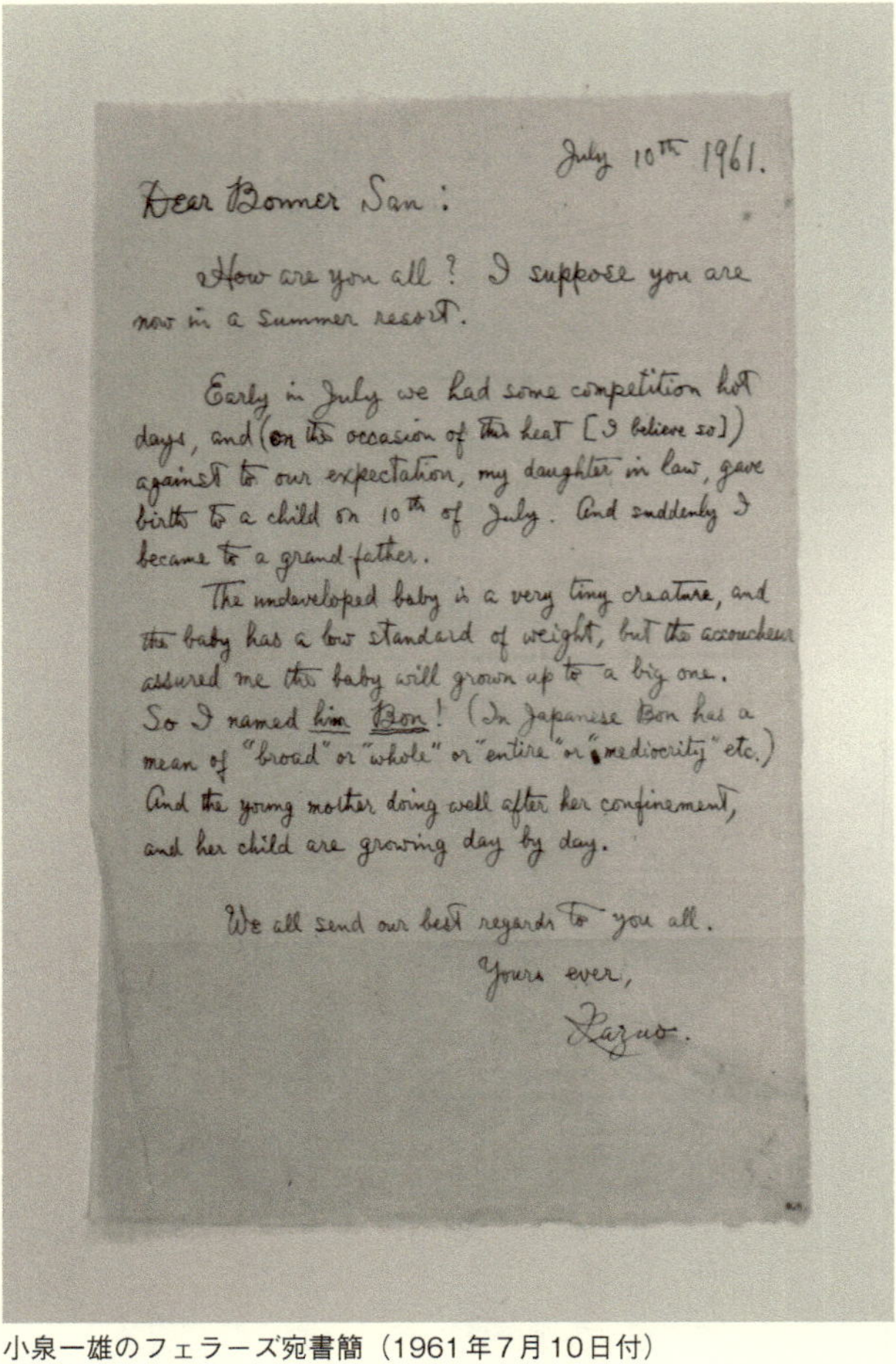

July 10th 1961.

Dear Bonner San:

How are you all? I suppose you are now in a summer resort.

Early in July we had some competition hot days, and (on the occasion of the heat [I believe so]) against to our expectation, my daughter in law, gave birth to a child on 10th of July. And suddenly I became to a grand-father.

The undeveloped baby is a very tiny creature, and the baby has a low standard of weight, but the accoucheur assured me the baby will grown up to a big one. So I named him Bon! (In Japanese Bon has a mean of "broad" or "whole" or "entire" or "mediocrity" etc.) And the young mother doing well after her confinement, and her child are growing day by day.

We all send our best regards to you all.

Yours ever,

Kazuo.

小泉一雄のフェラーズ宛書簡（1961年7月10日付）

後の7月30日付の書簡では、「凡」という名前についてこう綴っている。

父は私にレオポルド（Leopold）という外国名をくれました。——父の親友のひとりで、彼と同じような幸運と高邁《こうまい》な精神にあやかれるようにという意味でした。そして今、ここで謹んであなたの許可を乞いたいのです。私の孫に、あなたのお名前の半分をいただいて“Bon”と名付けることを。

手紙にあるレオポルド・アルヌーはマルティニーク島サン・ピエールの公証人で、ハーンがもっとも信頼する友人のひとりだった。ハーンはレオポルドにあやかってこの外国名を一雄に与えた。一雄という名前自体、長男だからということではなく「ラフカディオ」の下半分をとって「カディオ」と命名した。だから一雄はいつも好んでその発音に近い「梶雄」を雅号として用いた。どうもそれと同じような気持ちで一雄は初孫の私に「凡（Bon）」と名付けたらしい。自分の名前の由来は、もちろん両親から聞かされていたが、子どもの頃は人前でいつも笑われるのが嫌で、何でこんな郊外の私鉄駅前の純喫茶みたいな名前をつけたのだろうかと祖父を恨んだものだった。成長するにつれて、変わった名前だけれど誰からも覚えてもらいやすいので親しみを感じるようになっていった。しかし、この手紙を読んではじめて本当の経緯がわかり、それはちょっとした感動であった。

すでに封筒が失われているのでどの手紙に同封されていたかが定かでないが、母と私が例の二子玉川の森本産婦人科から退院して間もないころの写真が11枚も同封されていた。生まれたばかりの自分の写真を見たのはこれがはじめてだった。

2001（平成13）年11月のアニー・バンディーさんからのメールがきっかけとなったアーラム大学への訪問、そして2007年11月のジャスティンさんからのメールがきっかけとなって戻ってきた手紙。頭では整理できないようなボナー・フェラーズと小泉家との深い因果を感じている。

1971（昭和46）年に日本政府はフェラーズに天皇を戦犯より救出した大恩人として、勲二等瑞宝章《くんにとうずいほうしょう》を贈った。日本の戦後を親身になって支え、日本の平和国家誕生に限りない力を尽くしたアメリカ人将校がいたことを、この機会にあらためて記録しておきたいと思う。この因縁話はさておいても。

# あとがき

２０１３（平成25）年夏に、はじめて『新耳袋』の著者・木原浩勝さんにお会いした。ぜひ一緒に松江で「怪談談義」をしましょうと自ら提案してこられたのだ。結局、その年の7月25日に松江歴史館で「松江怪談談義」が実現した。対談させていただきながら、ハーンの没後、わが家に伝わる不思議な因縁話を少しずつ思い出し、やっぱりハーンの魂はまだ近くで生きているような気がしてきた。その談義の中で木原さんはこんなことを提案された。

境港は「妖怪のふるさと」、出雲は「神話のふるさと」と表明し、人々に認知されていますよ。そのちょうど中間にある松江は、小泉八雲によってその霊性が世界に知られています。だから松江を「怪談のふるさと、聖地」にしませんか！

実に説得力と魅力に溢れたわくわくする発言だった。会場からちょっとしたどよめきと拍手が沸き起こった。個人の熱い思いをぶつけられただけでなく、それは客観的にみても自然なことだと皆が感じたのだろう。これからは無形で未評価の地域文化をしっかりと再評価し、地域資源として活性化に生かしていく時代だし、世界へも容易に発信できる時代だ。小著でも記したように、幸い松江には、築城伝説をはじめとする城下町の怪談、その周縁部には農民によって伝えられた妖怪譚があり、都市伝説も少なくない。その主要なものを小泉八雲が作品の中に挿入し、世界へも紹介した。

2012（平成24）年、小泉八雲記念館で、妻がプロデュースして「小泉八雲のKWAIDAN―怪談―展　翻訳本と映画の世界」を開催した。展示内容は、世界各地の言語に翻訳された『怪談』の本と小林正樹監督による映画「怪談」の日本・フランス・旧チェコスロバキア・ポーランド・メキシコでの上映時のポスターだった。『怪談』の本だけで1ヵ月に23万円も売り上げがあって、それは納品している地元書店を何より驚かせ、喜ばせる出来事だった。110年ほど前にハーンが言ったように、怪談には真理と普遍性があることを証明するような現象だと感じた。

2013年9月、怪談を心から愛する木原浩勝さんと講談社の岡本淳史さんから、八雲没後の不思議な話をまとめてみないかという提案をいただいた。大学の校務やその他の仕事の合間にどの程度時間がとれるのか全く自信がなかったが、再三励まされて、ようやく筆を取った。

しかし、ここに収めた話は、「これって、怪談？」と思われる話がほとんどを占めていると私も自認している。読者の方々には、ひとりよがりの紀行文や随想の中に、ちょっと不思議な因縁話がまじっているという印象を与えるのではないだろうか。そして、ここに紹介した因縁話にハーンがいう「超自然の中の真理」があるなどと言う自信もないが、その子孫である私や家族にとっては本当にあったこととして、自然に受けとめてきたエピソードばかりだ。たびたび紹介した偶然の邂逅は、単にそれだけのことに尽きるかもしれないが、人間がコントロールできない外側の力によるものとじっさいに感じたことは何度もあった。ここに紹介したすべての出会いをありがたい縁による邂逅だと今も思っている。人間世界を、それを包含するもっと大きな世界の中の一部と考えれば、こんな不思議な出会いがもたらされた幸せを、素直に異界に感謝することができる。

メアリー・ノートンが「床下の小人たち」から、ハリー・ポッター・シリーズがホグワーツ魔法魔術学校から、「もののけ姫」が山の先住民である精霊たちから、「平成狸合戦ぽんぽこ」が多摩丘陵の先住者である狸から人間を照射して、人間世界をいきいきと描き出したように、怪談は異界から人間世界の本質をクローズアップし、人間の生き方、あり方を問い直す役割を担っているように感じる。ハーンもそのことを十分承知した上で、原話の「エコー」に過ぎないと謙虚な気持ちで怪談を70話以上も綴ったのだと思う。

怪談を楽しむには遊び心が必要だ。希望学という新しい学問を切り拓いた島根出身の玄田《げんだ》有史《ゆうじ》さんは、社会における遊びの意味についてこう語っている。

遊びとは、まえもって単一の価値や意味を決めておくことをあえてせずに、余裕を持って大切に残された部分です。遊びそれ自体は無駄に思えるかもしれませんが、遊びがあってはじめて偶発的な出会いや発見が生まれます。遊びのある社会こそ、創造性は生まれますし、希望もつくりだせるのです。（『希望のつくり方』）

そんな無駄や遊びがある社会でこそ怪談は紡がれる。これからは、GDP（Gross Domestic Product／どれだけものをつくるか）という価値観からGNE（Gross National Enjoyment／どれだけ人生を楽しむか）という価値観にシフトする時代だと予言したのはアメリカの親日派の経済学者故ガルブレイス氏だ。つまり衣食住の基本的な欲求が満たされれば、人々の関心はモノではなく楽しみや知識に向かっていくというのだ。その予想には私も大変共感する。そういう時代の中で怪談の存在感は高まって行くだろう。ハーンが予言したように、100年後も200年後も、人々は超自然の物語に関心を持ち続けるのではないだろうか。

小泉家に生きるたわいもない因縁話を綴った八雲没後110年後の怪談集を、遊び心で受けとめ楽しんでいただければ、最上の喜びである。また、私の愛する松江を「怪談のふるさと」と自信をもって言えるような町にしたい、そのささやかな布石にもなればこんな嬉しいことはない。「怪談のまち」は縁を大切にする町だから。

木原浩勝さん、講談社の岡本淳史さん、おふたりへの出会いをつくっていただいた田面徹《たづらとおる》さんと松江怪談談義に奔走された廣中《ひろなか》タマ惠《え》さんに心から御礼申し上げる。また、執筆中は、校務以外のすべてのハーン関係のレファレンスや煩雑な仕事を引き受けてくれた妻の祥子にも御礼を言いたい。

小泉　凡

# 文庫版あとがき

いま、ギリシャからの帰路、アラビア半島の上空で文庫版のあとがきを書いています。5月6日に八雲の最愛の人、母ローザの生家が公開されることとなり、そのオープニングセレモニーに出席した帰りです。第2章でふれたキシラ島には8年ぶりの訪問でした。当日はアテネの日本大使、アイルランド大使も参加され、さらにギリシャの文化大臣まで飛び入り参加をして、八雲を媒介にしたゆかりの国々との文化交流の意義を説かれました。ローザやハーンを慕う150人ほどの島の人々もお祝いに駆けつけ、ローザの再婚者、ジョン・カバリーニの子孫とも「カズン！」と呼び合って邂逅できたことは、「八雲のいたずら」かもしれません。

単行本出版後に、木原浩勝さん、講談社の岡本淳史さんと墓前に上梓を報告したのですが、私が八雲の墓石の前に立つと、どこからともなくカラスがやってきて松の枝から墓参を見守ってくれていたのです。本人はまったく気づかず、木原さんからそのことを知らされてまたも怪しく嬉しい縁を感じました。

それから2年後に文庫版を上梓できることは大きな喜びです。より多くの読者のみなさまに、小泉八雲の世界を通して人々や異文化との出会いの大切さ、人間と異界との交渉がある生活の面白さを感じていただければ幸いです。そして、現代社会をオープン・マインドで生きる楽しみを分かち合っていただければ何よりです。ちょうどこの小著の発行日に、松江の小泉八雲記念館がリニューアル・オープンできることもありがたい偶然です。

文庫版刊行にあたり、読者の方からのご指摘や新たなゆかりの品の発見、さらに再訪の結果、異なる事実が判明するなどして、一部に修正を加えました。

畏友の佐野史郎さんには、端的で魅力的な帯文をいただきました。また編集担当の斎藤梓さんには、文庫版出版という嬉しいご提案とともに行き届いた編集作業を進めていただきましたことに心から感謝申し上げます。

まもなく、ドバイに着陸します。

２０１６年５月　　小泉　凡

## 【主要参考文献】

●小泉八雲著　平川祐弘編『明治日本の面影』講談社学術文庫（1990年）
●小泉八雲著　平川祐弘編『神々の国の首都』講談社学術文庫（1990年）
●小泉八雲著　平井呈一訳『仏領西インドの二年間』上・下　恒文社（1976年）
●小泉八雲著　平井呈一訳『日本瞥見記』上・下　恒文社（1975年）
●ラフカディオ・ハーン著　平川祐弘訳『カリブの女』河出書房新社（1999年）
●『ラフカディオ・ハーン著作集』第7巻　恒文社（1985年）
●『ラフカディオ・ハーン著作集』第14巻　恒文社（1983年）
●『ラフカディオ・ハーン著作集』第15巻　恒文社（1988年）
●平川祐弘監修『小泉八雲事典』恒文社（2000年）
●『小泉八雲』（小泉節子「思い出の記」、小泉一雄「父『八雲』を憶う」）恒文社（1976年）
●小泉一雄『父小泉八雲』小山書店（1950年）
●小泉時『ヘルンと私』恒文社（1990年）
●小泉凡「クレオール、世紀末の旅から―ラフカディオ・ハーンとともに―」（『カリブ―響きあう多様性―』）ディスクユニオン（1996年）
●小泉凡「家庭における昔話教育の意味―小泉八雲の場合―」（『昔話における時間』）三弥井書店（1998年）
●小泉凡「ラフカディオ・ハーンにおける口承文化の受容と継承」（『ケルト　口承文化の水脈』）中央大学出版部（2006年）

◉小泉凡「アメリカだより」『へるん』39号　八雲会（2002年）
◉小泉凡「境界神の一側面―縁切榎と淀橋の伝承をめぐって―」『歴史手帖』13巻5号　名著出版（1985年）
◉小泉凡「瘤寺のからす―柳田國男と小泉八雲をめぐって―」『民俗学研究所ニュース』74号　成城大学民俗学研究所（2006年）
◉小泉凡「柳田國男と小泉八雲―五感力の継承をめざして―」『民俗学研究所紀要』第31集　成城大学民俗学研究所（2007年）
◉小泉凡「怪談の資源的活用をめざして―『松江ゴーストツアー』の事例から―」『季刊中国総研』15巻2号　社団法人中国地方総合研究センター（2011年）
◉小泉凡「ギリシャ紀行―ギリシャから見つめたハーンとローザ―」『のんびり雲』第3号　島根県立大学短期大学部総合文化学科（2009年）
◉小泉凡「ノルマンディー小旅行―ルーツをもとめて―」『のんびり雲』第4号　島根県立大学短期大学部総合文化学科（2010年）
◉小泉凡「にっぽん丸で出雲大社へ」『のんびり雲』第7号　島根県立大学短期大学部総合文化学科（2013年）
◉小泉凡「7年ぶりにアイルランドへ」『コージャス』19号　山陰日本アイルランド協会（2013年）
◉小泉凡「ボナー・フェラーズと日本」『終戦のエンペラー』公式パンフレット　松竹株式会社事業部（2013年）
◉W・B・イエイツ著　井村君江訳『ケルトの薄明』ちくま文庫（1993年）
◉トマス・カイトリー著　市場泰男訳『フェアリーのおくりもの』現代教養文庫（1983年）

●キャサリン・ブリッグズ著　井村君江訳『妖精Ｗｈｏ'ｓ Ｗｈｏ』ちくま文庫（１９９６年）
●ミランダ・Ｊ・グリーン著　井村君江監訳　大出健訳『図説ドルイド』東京書籍（２０００年）
●井村君江『ケルト妖精学』講談社学術文庫（１９９６年）
●ローズマリ・エレン・グィリー著　松田幸雄訳『妖怪と精霊の事典』青土社（１９９５年）
●『定本柳田國男集』第12巻　筑摩書房（１９６９年）
●柳田国男『新版　遠野物語―付・遠野物語拾遺―』角川ソフィア文庫（２００４年）
●『三省堂年中行事事典』三省堂（１９９９年）
●梶谷泰之『へるん百話』八雲会（１９８７年）
●梶谷泰之『へるん先生生活記』恒文社（１９９８年）
●北村澄江「愛される子どもたち―藤蔵と勝五郎、そして露姫―」『多摩のあゆみ』131号　たましん地域文化財団（２００８年）
●イーフー・トゥアン著　金利光訳『恐怖の博物誌』工作舎（１９９１年）
●小松和彦編『怪異の民俗学7異人・生贄』河出書房新社（２００１年）
●東雅夫「八雲と松江と怪談と（小泉凡インタビュー）」『幽』1号（ダ・ヴィンチ7月号増刊）（２００４年）
●関敬吾『日本昔話大成』第3巻　角川書店（１９７８年）
●長谷川洋二『八雲の妻―小泉セツの生涯―』今井書店（２０１４年）
●遠田勝『〈転生〉する物語―小泉八雲「怪談」の世界―』新曜社（２０１１年）
●大島廣志「『雪女』伝承論」『國學院雑誌』第99巻11号　國學院大學（１９９８年）
●牧野陽子『〈時〉をつなぐ言葉―ラフカディオ・ハーンの再話文学―』新曜社（２０１１年）
●小山騰『国際結婚第一号―明治人たちの雑婚事始―』講談社選書メチエ（１９９５年）

◉関田かおる編著『桑原春三所蔵　知られざるハーン絵入書簡』雄松堂出版（１９９１年）
◉関田かをる『小泉八雲と早稲田大学』恒文社（１９９９年）
◉西野影四郎『小泉八雲とヨーロッパ』古川書房（１９７８年）
◉工藤美代子『聖霊の島―ラフカディオ・ハーンの生涯【ヨーロッパ編】―』集英社（１９９９年）
◉田中欣二「ハーンの渡米年月と船名」「ハーンが乗船渡米したＳ・Ｓ・ＣＥＬＬＡ」『へるん』45号　八雲会（２００８年）
◉田中欣二「『ハーンを米国に運んだセラ号』の後日談」『へるん』46号　八雲会（２００９年）
◉田中欣二「ハーンの親友ジョセフ・テューニソン」『へるん』47号　八雲会（２０１０年）
◉中田賢次「『バレット文庫』に見る自伝的草稿の判読文」『へるん』39号　八雲会（２００２年）
◉中田賢次「怪談『ひまわり』を読む」『へるん』43号　八雲会（２００６年）
◉平川祐弘『小泉八雲―西洋脱出の夢―』新潮社（１９８１年）
◉加藤哲郎『象徴天皇制の起源―アメリカの心理戦「日本計画」―』平凡社新書（２００５年）
◉岡本嗣郎『陛下をお救いなさいまし―河井道とボナー・フェラーズ―』ホーム社（２００２年）
◉一色義子『河井道と一色ゆりの物語―恵みのシスターフッド―』キリスト新聞社（２０１２年）
◉荒木英信『松江八百八町町内物語―末次の巻―』島根郷土資料刊行会（１９７３年）
◉荒木英信『松江八百八町町内物語―白潟の巻―』松江八百八町内物語編纂協会（１９７７年）
◉ジョージ・ヒューズ著　杉山直子訳「ラフカディオ・ハーン―世紀末のパフォーマー―」（『異文化を生きた人々』）中央公論社（１９９３年）
◉Edited by W.B.Yeats. Explorations, Macmillan, 1962.
◉Kennard, Nina H.,Lafcadio Hearn, London, Eveleigh Nash, 1911.

◉ Hearn Koizumi, Kazuo, Re-Echo, Caxton Printers, Caldwell, Idaho, 1957.

◉ Danaher, Kevin, Folktales from the Irish Countryside, Mercier Press, 1998.

◉ Holden, Richard, “Saving the Throne : Bonner Fellers spares Hirohito from war crimes charges in post-surrender Japan.” Earlhamite Winter 1998.

◉ Jones, Richard, Haunted Britain and Ireland, New Holland Publishers(UK), 2001.

本書は二〇一四年七月、小社より単行本として刊行されました。

企画・プロデュース　木原浩勝

協力　田面徹（アイリッシュネットワークジャパン東京）
廣中タマ恵（T2メディアパル有限会社）
小泉祥子（小泉八雲記念館コーディネーター）

|著者| 小泉 凡　1961年、小泉八雲の曾孫として東京で生まれる。成城大学大学院文学研究科日本常民文化専攻博士課程前期修了。専攻は民俗学。島根県立大学短期大学部教授、小泉八雲記念館館長、焼津小泉八雲記念館名誉館長。現在は島根県松江市在住。日本ペンクラブ会員。

怪談四代記《かいだんよんだいき》　八雲《やくも》のいたずら

小泉《こいずみ》 凡《ぼん》



2016年7月15日第1刷発行
2024年7月3日第2刷発行

発行者──森田浩章
発行所──株式会社　講談社
東京都文京区音羽2-12-21　〒112-8001
電話　出版（03）5395-3510
　　　販売（03）5395-5817
　　　業務（03）5395-3615

Printed in Japan

講談社文庫
定価はカバーに
表示してあります

KODANSHA

デザイン──菊地信義
本文データ制作──講談社デジタル製作
印刷────株式会社KPSプロダクツ
製本────株式会社KPSプロダクツ



ISBN978-4-06-293405-3

# 講談社文庫刊行の辞

二十一世紀の到来を目睫に望みながら、われわれはいま、人類史上かつて例を見ない巨大な転換期をむかえようとしている。

世界も、日本も、激動の予兆に対する期待とおののきを内に蔵して、未知の時代に歩み入ろうとしている。このときにあたり、創業の人野間清治の「ナショナル・エデュケイター」への志を現代に甦らせようと意図して、われわれはここに古今の文芸作品はいうまでもなく、ひろく人文・社会・自然の諸科学から東西の名著を網羅する、新しい綜合文庫の発刊を決意した。

激動の転換期はまた断絶の時代である。われわれは戦後二十五年間の出版文化のありかたへの深い反省をこめて、この断絶の時代にあえて人間的な持続を求めようとする。いたずらに浮薄な商業主義のあだ花を追い求めることなく、長期にわたって良書に生命をあたえようとつとめるところにしか、今後の出版文化の真の繁栄はあり得ないと信じるからである。

同時にわれわれはこの綜合文庫の刊行を通じて、人文・社会・自然の諸科学が、結局人間の学にほかならないことを立証しようと願っている。かつて知識とは、「汝自身を知る」ことにつきていた。現代社会の瑣末な情報の氾濫のなかから、力強い知識の源泉を掘り起し、技術文明のただなかに、生きた人間の姿を復活させること。それこそわれわれの切なる希求である。

われわれは権威に盲従せず、俗流に媚びることなく、渾然一体となって日本の「草の根」をかたちづくる若く新しい世代の人々に、心をこめてこの新しい綜合文庫をおくり届けたい。それは知識の泉であるとともに感受性のふるさとであり、もっとも有機的に組織され、社会に開かれた万人のための大学をめざしている。大方の支援と協力を衷心より切望してやまない。

一九七一年七月

野間省一

## 講談社文庫 目録

佐木隆三　身分帳
佐高　信　石原莞爾 その虚飾
佐高　信　わたしを変えた百冊の本
佐高　信　新装版 逆命利君
佐藤雅美　ちよの負けん気、実の父親〈物書同心居眠り紋蔵〉
佐藤雅美　へこたれない人〈物書同心居眠り紋蔵〉
佐藤雅美　わけあり師匠事《こと》の顛末〈物書同心居眠り紋蔵〉
佐藤雅美　御奉行の頭の火照《ほて》り〈物書同心居眠り紋蔵〉
佐藤雅美　敵《かたき》討ちか主殺しか〈物書同心居眠り紋蔵〉
佐藤雅美　江戸繁昌記〈寺門静軒無聊伝〉
佐藤雅美　青雲遙かに〈大内俊助の生涯〉
佐藤雅美　悪足掻《あが》きの跡始末 厄介弥三郎
佐藤雅美　恵比寿屋喜兵衛手控え〈新装版〉
酒井順子　負け犬の遠吠え
酒井順子　朝からスキャンダル
酒井順子　忘れる女、忘れられる女
酒井順子　次の人、どうぞ！
酒井順子　ガラスの50代
佐野洋子　嘘ばっか〈新釈・世界おとぎ話〉

佐野洋子　コッコロから
佐川芳枝　寿司屋のかみさん サヨナラ大将
笹生陽子　ぼくらのサイテーの夏
笹生陽子　きのう、火星に行った。
笹生陽子　世界がぼくを笑っても
沢木耕太郎　一号線を北上せよ〈ヴェトナム街道編〉
佐藤多佳子　一瞬の風になれ 全三巻
佐藤多佳子　いつの空にも星が出ていた
笹本稜平　駐在刑事
笹本稜平　駐在刑事 尾根を渡る風
西條奈加　世直し小町りんりん
西條奈加　まるまるの毬《いが》
西條奈加　亥《いの》子《こ》ころころ
佐伯チズ　改訂完全版 佐伯チズ式「完全美肌バイブル」〈123の肌悩みにズバリ回答！〉
斉藤　洋　ルドルフとイッパイアッテナ
斉藤　洋　ルドルフともだちひとりだち
佐々木裕一　公家武者 信平《のぶひら》〈消えた狐丸〉
佐々木裕一　逃げた名馬〈公家武者 信平㈡〉
佐々木裕一　比叡山の鬼〈公家武者 信平㈢〉

佐々木裕一　公《く》卿《ぎょう》の罠《わな》〈公家武者 信平㈣〉
佐々木裕一　狙われた旗本〈公家武者 信平㈤〉
佐々木裕一　赤い刀身〈公家武者 信平㈥〉
佐々木裕一　帝《みかど》の刀《とう》匠《しょう》〈公家武者 信平㈦〉
佐々木裕一　若君の覚悟〈公家武者 信平㈧〉
佐々木裕一　くもの頭領〈公家武者 信平㈨〉
佐々木裕一　宮中の誘い〈公家武者 信平㈩〉
佐々木裕一　雲《ひ》雀《ばり》の太刀〈公家武者 信平(十一)〉
佐々木裕一　決着の鬨《とき》〈公家武者 信平(十二)〉
佐々木裕一　姉妹の絆〈公家武者 信平(十三)〉
佐々木裕一　町くらべ〈公家武者 信平(十四)〉
佐々木裕一　狐のちょうちん〈公家武者信平ことはじめ㈠〉
佐々木裕一　姫のため息〈公家武者信平ことはじめ㈡〉
佐々木裕一　四谷の弁慶〈公家武者信平ことはじめ㈢〉
佐々木裕一　暴れ公卿〈公家武者信平ことはじめ㈣〉
佐々木裕一　千石の夢〈公家武者信平ことはじめ㈤〉
佐々木裕一　妖《あや》し火〈公家武者信平ことはじめ㈥〉
佐々木裕一　十万石の誘い〈公家武者信平ことはじめ㈦〉
佐々木裕一　黄《よ》泉《み》の女〈公家武者信平ことはじめ㈧〉

# 講談社文庫　目録

佐々木裕一　将軍の宴〈公家武者信平ことはじめ(九)〉
佐々木裕一　宮中の華〈公家武者信平ことはじめ(十)〉
佐々木裕一　乱れ坊主〈公家武者信平ことはじめ(十一)〉
佐々木裕一　領地の乱〈公家武者信平ことはじめ(十二)〉
佐々木裕一　赤坂の達磨《だるま》〈公家武者信平ことはじめ(十三)〉
佐々木裕一　将軍の首〈公家武者信平ことはじめ(十四)〉
佐々木裕一　魔眼《まがん》の光〈公家武者信平ことはじめ(十五)〉
佐藤究《きわむ》　QJKJQ
佐藤究　Ank：〈a mirroring ape〉
佐藤究　サージウスの死神
佐野晶　三田紀房・原作　小説アルキメデスの大戦
澤村伊智　恐怖小説キリカ
さいとう・たかを　戸川猪佐武　原作　歴史劇画　大宰相〈第一巻　吉田茂の闘争〉
さいとう・たかを　戸川猪佐武　原作　歴史劇画　大宰相〈第二巻　鳩山一郎の悲運〉
さいとう・たかを　戸川猪佐武　原作　歴史劇画　大宰相〈第三巻　岸信介の強腕〉
さいとう・たかを　戸川猪佐武　原作　歴史劇画　大宰相〈第四巻　池田勇人と佐藤栄作の激突〉
さいとう・たかを　戸川猪佐武　原作　歴史劇画　大宰相〈第五巻　田中角栄の革命〉
さいとう・たかを　戸川猪佐武　原作　歴史劇画　大宰相〈第六巻　三木武夫の挑戦〉
さいとう・たかを　戸川猪佐武　原作　歴史劇画　大宰相〈第七巻　福田赳夫の復讐〉
さいとう・たかを　戸川猪佐武　原作　歴史劇画　大宰相〈第八巻　大平正芳の決断〉
さいとう・たかを　戸川猪佐武　原作　歴史劇画　大宰相〈第九巻　鈴木善幸の苦悩〉
さいとう・たかを　戸川猪佐武　原作　歴史劇画　大宰相〈第十巻　中曽根康弘の野望〉
佐藤優　人生の役に立つ聖書の名言
佐藤優　戦時下の外交官〈ナチス・ドイツの崩壊を目撃した吉野文六〉
佐藤優　人生のサバイバル力
斉藤詠一　到達不能極
斉藤詠一　クメールの瞳
佐々木実　竹中平蔵　市場と権力「改革」に憑かれた経済学者の肖像
斎藤千輪　神楽坂つきみ茶屋〈禁断の盃《さかずき》と絶品江戸レシピ〉
斎藤千輪　神楽坂つきみ茶屋2〈突然のピンチと喜寿の祝い膳〉
斎藤千輪　神楽坂つきみ茶屋3〈想い人に捧げる鍋料理〉
斎藤千輪　神楽坂つきみ茶屋4〈頂上決戦の七夕料理〉
作画：蔡志忠　訳：和田武司　監修：野末陳平　マンガ　孔子の思想
作画：蔡志忠　訳：和田武司　監修：野末陳平　マンガ　老荘の思想
作画：蔡志忠　訳：和田武司　監修：野末陳平　マンガ　孫子・韓非子の思想
佐野広実　わたしが消える
紗倉まな　春、死なん
司馬遼太郎　新装版　播磨灘物語　全四冊
司馬遼太郎　新装版　箱根の坂(上)(中)(下)
司馬遼太郎　新装版　アームストロング砲
司馬遼太郎　新装版　歳月(上)(下)
司馬遼太郎　新装版　おれは権現
司馬遼太郎　新装版　大坂侍
司馬遼太郎　新装版　北斗の人(上)(下)
司馬遼太郎　新装版　軍師二人
司馬遼太郎　新装版　真説宮本武蔵
司馬遼太郎　新装版　最後の伊賀者
司馬遼太郎　新装版　俄(上)(下)
司馬遼太郎　新装版　尻啖え孫市(上)(下)
司馬遼太郎　新装版　王城の護衛者
司馬遼太郎　新装版　妖怪(上)(下)
司馬遼太郎　新装版　風の武士(上)(下)
司馬遼太郎　戦雲の夢〈レジェンド歴史時代小説〉
司馬遼太郎　海音寺潮五郎　新装版　日本歴史を点検する
司馬遼太郎　井上ひさし　新装版　国家・宗教・日本人
司馬遼太郎　陳舜臣　金達寿　新装版　歴史の交差路にて〈日本・中国・朝鮮〉
柴田錬三郎　お江戸日本橋(上)(下)

柴田錬三郎　貧乏同心御用帳
柴田錬三郎　新装版 岡っ引どぶ〈柴錬捕物帖〉
柴田錬三郎　新装版 顔十郎罷り通る(上)(下)
島田荘司　御手洗潔の挨拶
島田荘司　御手洗潔のダンス
島田荘司　水晶のピラミッド
島田荘司　眩暈（めまい）
島田荘司　アトポス
島田荘司　〈改訂完全版〉異邦の騎士
島田荘司　御手洗潔のメロディ
島田荘司　Pの密室
島田荘司　ネジ式ザゼツキー
島田荘司　都市のトパーズ2007
島田荘司　21世紀本格宣言
島田荘司　帝都衛星軌道
島田荘司　UFO大通り
島田荘司　リベルタスの寓話
島田荘司　透明人間の納屋
島田荘司　〈改訂完全版〉占星術殺人事件

島田荘司　〈改訂完全版〉斜め屋敷の犯罪
島田荘司　星《せい》籠《ろ》の海(上)(下)
島田荘司　屋上
島田荘司　名探偵傑作短篇集 御手洗潔篇
島田荘司　〈改訂完全版〉火刑都市
島田荘司　〈改訂完全版〉暗闇坂の人喰いの木
島田荘司　網走発遙かなり〈改訂完全版〉
清水義範　蕎《そ》麦《ば》ときしめん
清水義範　国語入試問題必勝法〈新装版〉
椎名　誠　にっぽん・海風魚旅〈怪し火さすらい編〉
椎名　誠　大漁旗ぶるぶる乱風編〈にっぽん・海風魚旅4〉
椎名　誠　南シナ海ドラゴン編〈にっぽん・海風魚旅5〉
椎名　誠　風のまつり
椎名　誠　ナマコ
椎名　誠　埠頭三角暗闇市場
真保裕一　取引
真保裕一　震源
真保裕一　盗聴
真保裕一　朽ちた樹々の枝の下で

真保裕一　奪取(上)(下)
真保裕一　防壁
真保裕一　密告
真保裕一　黄金の島(上)(下)
真保裕一　発火点
真保裕一　夢の工房
真保裕一　灰色の北壁
真保裕一　覇王の番人(上)(下)
真保裕一　デパートへ行こう!
真保裕一　アマルフィ〈外交官シリーズ〉
真保裕一　天使の報酬〈外交官シリーズ〉
真保裕一　アンダルシア〈外交官シリーズ〉
真保裕一　ダイスをころがせ!(上)(下)
真保裕一　天魔ゆく空(上)(下)
真保裕一　ローカル線で行こう!
真保裕一　遊園地に行こう!
真保裕一　オリンピックへ行こう!
真保裕一　連鎖〈新装版〉
真保裕一　暗闇のアリア

真保裕一　ダーク・ブルー
篠田節子　弥勒
篠田節子　転生
篠田節子　竜と流木
重松　清　定年ゴジラ
重松　清　半パン・デイズ
重松　清　流星ワゴン
重松　清　ニッポンの単身赴任
重松　清　愛妻日記
重松　清　青春夜明け前
重松　清　カシオペアの丘で（上）（下）
重松　清　永《と》遠《わ》を旅する者〈ロストオデッセイ　千年の夢〉
重松　清　かあちゃん
重松　清　十字架
重松　清　峠うどん物語（上）（下）
重松　清　希望ヶ丘の人びと（上）（下）
重松　清　赤ヘル1975
重松　清　なぎさの媚薬（上）（下）
重松　清　さすらい猫ノアの伝説

重松　清　ルビィ
重松　清　どんまい
重松　清　旧友再会
新野剛志　美しい家
新野剛志　明日の色
殊能将之　ハサミ男
殊能将之　鏡の中は日曜日
殊能将之　殊能将之　未発表短篇集
首藤瓜於　事故係生稲昇太の多感
首藤瓜於　脳男　新装版
首藤瓜於　ブックキーパー　脳男（上）（下）
島本理生　シルエット
島本理生　リトル・バイ・リトル
島本理生　生まれる森
島本理生　七緒のために
島本理生　夜はおしまい
小路幸也　高く遠く空へ歌ううた
小路幸也　空へ向かう花
小説　小路幸也　原案　山田洋次　平松恵美子　家族はつらいよ

小説　小路幸也　原作・脚本　山田洋次　脚本　平松恵美子　家族はつらいよ2
島田律子　私はもう逃げない〈自閉症の弟から教えられたこと〉
辛酸なめ子　女修行
柴崎友香　ドリーマーズ
柴崎友香　パノララ
翔田　寛　誘拐児
白石一文　この胸に深々と突き刺さる矢を抜け（上）（下）
白石一文　我が産声を聞きに
小説現代編　石田衣良他著　10分間の官能小説集
小説現代編　勝目　梓他著　10分間の官能小説集2
小説現代編　乾くるみ他著　10分間の官能小説集3
柴村　仁　プシュケの涙
塩田武士　盤上のアルファ
塩田武士　盤上に散る
塩田武士　女神のタクト
塩田武士　ともにがんばりましょう
塩田武士　罪の声
塩田武士　氷の仮面
塩田武士　歪んだ波紋

# 講談社文庫　目録

# 講談社文庫　目録

瀬戸内寂聴　白　道
瀬戸内寂聴　寂聴相談室 人生道しるべ
瀬戸内寂聴　瀬戸内寂聴の源氏物語
瀬戸内寂聴　愛する能力
瀬戸内寂聴　藤　壺
瀬戸内寂聴　生きることは愛すること
瀬戸内寂聴　寂聴と読む源氏物語
瀬戸内寂聴　月の輪草子
瀬戸内寂聴　新装版 寂庵説法
瀬戸内寂聴　死に支度
瀬戸内寂聴　新装版 蜜と毒
瀬戸内寂聴　新装版 花《か》怨《えん》
瀬戸内寂聴　新装版 祇園女御《ぎおんにょうご》(上)(下)
瀬戸内寂聴　新装版 かの子撩乱
瀬戸内寂聴　新装版 京まんだら(上)(下)
瀬戸内寂聴　いのち
瀬戸内寂聴　花のいのち
瀬戸内寂聴　ブルーダイヤモンド〈新装版〉
瀬戸内寂聴　97歳の悩み相談

瀬戸内寂聴　その日まで
瀬戸内寂聴　すらすら読める源氏物語(上)(中)(下)
瀬戸内寂聴・訳　源氏物語 巻一《まきいち》
瀬戸内寂聴・訳　源氏物語 巻二《まきに》
瀬戸内寂聴・訳　源氏物語 巻三《まきさん》
瀬戸内寂聴・訳　源氏物語 巻四《まきし》
瀬戸内寂聴・訳　源氏物語 巻五《まきご》
瀬戸内寂聴・訳　源氏物語 巻六《まきろく》
瀬戸内寂聴・訳　源氏物語 巻七《まきしち》
瀬戸内寂聴・訳　源氏物語 巻八《まきはち》
瀬戸内寂聴・訳　源氏物語 巻九《まきく》
瀬戸内寂聴・訳　源氏物語 巻十《まきじゅう》
瀬尾まなほ　寂聴さんに教わったこと
先崎　学　先崎 学の実況！ 盤外戦
妹尾河童　少年H(上)(下)
瀬尾まいこ　幸福な食卓
関原健夫　がん六回 人生全快
瀬川晶司　泣き虫しょったんの奇跡 完全版〈サラリーマンから将棋のプロへ〉
仙川　環《たまき》　幸福の劇薬〈医者探偵・宇賀神晃〉

仙川　環　偽装診療〈医者探偵・宇賀神晃〉
瀬木比呂志　黒い巨塔〈最高裁判所〉
瀬那和章　今日も君は、約束の旅に出る
瀬那和章　パンダより恋が苦手な私たち
瀬那和章　パンダより恋が苦手な私たち2
蘇部健一　六枚のとんかつ
蘇部健一　六とん2
蘇部健一　届かぬ想い
曽根圭介　沈底魚
曽根圭介　藁《わら》にもすがる獣たち
田辺聖子　ひねくれ一茶
田辺聖子　愛の幻滅(上)(下)
田辺聖子　うたかた
田辺聖子　春情蛸の足
田辺聖子　蝶花嬉遊図
田辺聖子　言い寄る
田辺聖子　私的生活
田辺聖子　苺をつぶしながら
田辺聖子　不機嫌な恋人

# 講談社文庫　目録

# 講談社文庫　目録

高田崇史　QED〈竹取伝説〉
高田崇史　QED〈龍馬暗殺〉
高田崇史　QED　～ventus～〈鎌倉の闇〉
高田崇史　QED〈鬼の城伝説〉
高田崇史　QED　～ventus～〈熊野の残照〉
高田崇史　QED〈神器封殺〉
高田崇史　QED　～ventus～〈御霊将門〉
高田崇史　QED　～flumen～〈九段坂の春〉
高田崇史　QED〈諏訪の神霊〉
高田崇史　QED〈出雲神伝説〉
高田崇史　QED〈伊勢の曙光《あけぼの》〉
高田崇史　QED　～flumen～〈ホームズの真実〉
高田崇史　毒草師〈QED Another Story〉
高田崇史　QED〈～flumen～月夜見〉
高田崇史　QED〈～ortus～白山の頻闇〉
高田崇史　QED〈憂曇華《うどんげ》の時〉
高田崇史　QED〈源氏の神霊〉
高田崇史　試験に出るパズル〈千葉千波の事件日記〉
高田崇史　試験に敗けない密室〈千葉千波の事件日記〉

高田崇史　試験に出ないパズル〈千葉千波の事件日記〉
高田崇史　パズル自由自在〈千葉千波の事件日記〉
高田崇史　麿の酩酊事件簿〈花に舞〉
高田崇史　麿の酩酊事件簿〈月に酔〉
高田崇史　クリスマス緊急指令〈～きよしこの夜、事件は起こる！～〉
高田崇史　カンナ　飛鳥の光臨
高田崇史　カンナ　天草の神兵
高田崇史　カンナ　吉野の暗闘
高田崇史　カンナ　奥州の覇者
高田崇史　カンナ　戸隠の殺皆
高田崇史　カンナ　鎌倉の血陣
高田崇史　カンナ　天満の葬列
高田崇史　カンナ　出雲の顕在
高田崇史　カンナ　京都の霊前
高田崇史　軍神の血脈〈楠木正成秘伝〉
高田崇史　神の時空《とき》　鎌倉の地龍
高田崇史　神の時空　倭《やまと》の水霊
高田崇史　神の時空　貴船の沢鬼
高田崇史　神の時空　三輪《みわ》の山祇《やまつみ》

高田崇史　神の時空　嚴島《いつくしま》の烈風
高田崇史　神の時空　伏見稲荷の轟雷
高田崇史　神の時空　五色不動の猛火
高田崇史　神の時空　京の天命
高田崇史　神の時空　前紀〈女神の功罪〉
高田崇史　鬼棲む国、出雲〈古事記異聞〉
高田崇史　オロチの郷、奥出雲〈古事記異聞〉
高田崇史　京の怨霊、元出雲〈古事記異聞〉
高田崇史　鬼統べる国、大和出雲〈古事記異聞〉
高田崇史　源平の怨霊〈小余綾《こゆるぎ》俊輔の最終講義〉
高田崇史　試験に出ないQED異聞〈高田崇史短編集〉
高田崇史ほか　読んで旅する鎌倉時代
団鬼六　悦楽王〈鬼プロ繁盛記〉
高野和明　13階段
高野和明　グレイヴディッガー
高野和明　6時間後に君は死ぬ
大道珠貴　ショッキングピンク
高木徹　ドキュメント　戦争広告代理店〈情報操作とボスニア紛争〉
田中啓文　件《くだん》〈もの言う牛〉

2024年3月15日現在